JN071385

マドンナメイト文庫

処女の身体に入れ替わった俺は人生バラ色で

霧野なぐも

目次

contents

処女の身体に入れ替わった俺は人生バラ色で

第一章　少女の身体でひとりエッチ

1

「んっ……はぁっ……」

　女子中学生のものとしてはずいぶんシンプルな、大人びた家具で統一された部屋の中で、そこの主《あるじ》たる少女が妖しい吐息をこぼす。

　薄いブルーのカーテンがかすかに日光を透かし、まだ外が真昼だと教えてくる。

　平日の昼すぎ、彼女と同世代の少年少女は学校で午後の授業を受けているはずだ。

　しかし彼女――常磐菜々美《ときわななみ》は、今は休学中だった。

「ふぅ、あぁ、触っちゃう……」

菜々美は白昼堂々と、自慰行為に耽っていた。

最初はショーツの上から、やわやわと下半身を撫でるにとどめていた手指が過激になっていく。

下着を秘唇に食い込ませるように強く指の腹を押し込み、可憐な割れ目の一番上で愛らしく自己主張をするクリトリスを捕まえる。

「あふっ、あんっ……あんっ、あん……」

快楽神経の塊《かたまり》を刺激される愉悦に、弾むような喘ぎ声が漏れる。少女らしい可憐なソプラノボイスが、静かな部屋に鳴り響いた。

声と同時に身体も揺れる。前屈《かが》みになって秘唇を覗き込むようになる。

美少女の艶《つや》やかなセミロングヘアが肩から滑り落ちた。

「あぁ……おま×こぉ……」

卑猥な言葉を呟いた瞬間、少女の身体はさらに震えた。

可愛らしい声が、喉が、あまりに不釣り合いなことを口にする。そのギャップに自ら興奮しているのだ。

「おま×こ、触っちゃう……パンツの上からじゃなくて……直接」

誰かに聞かせるようにそう言って、菜々美はゆっくりとショーツの端に手をかける。

それも誰かに見られているわけではないというのに、まるで媚びるようにゆっくり尻をくねらせ、ストリップショーのように淫らに下着を脱いでいく。

（あふん……あふ、こんな可愛い子が……）

育ちかけ、膨らみかけの肉体を抱《かか》えた少女にはそぐわない仕草。それをあえて行うことによって、彼女はどんどん高揚していく。

（昼は、お母さんもいない家庭でよかったな……）

そんなことを思いながら、ようやくショーツを脚から引き抜く。ねっとりとした淫蜜が、クロッチの部分を湿らせていた。

「ああ……」

少女はそれをうっとりした気持ちで眺め、濡れた下着の股布をわざわざ上にするかたちでベッドの上に置く。

「こんなに濡らして……いやらしい子」

叱責しているのか、酔いしれているのか。

言葉の響きだけではどちらかわからないことを言いながら、菜々美はますます興奮していた。下半身の中でぬるい快感が膨れ、それは愛液へ変化してどろりと肉穴から滴った。

「ねぇ、私、今……下着だけつけてないの」

また、誰かに聞かせるように菜々美は言う。純白のワンピースタイプのパジャマは身につけたまま。同じ色の下着だけ脱いで、その半端な解放感に浸っている。

「オナニーが終わっても、このまま過ごしちゃおうかな。お母さんとお父さんの前で、パンツを穿かないで」

独り言を口にした菜々美の身体がブルリと震えた。

「ああっ、そんなの……」

想像しただけで、甘美なものが背筋を駆け抜けた。

「でもダメ……菜々美はそんなこと、しないんだから」

ショーツの隣にとすんと腰を落とし、やはりパジャマは脱がないまま、うっとりと秘唇に指を這わせた。

「あふ……うぅん、んん……んんっ」

遮《さえぎ》るもののなくなった粘膜に触れると、ダイレクトな快感がやってくる。中学生にしても薄すぎる陰毛と、ぷにぷにしたクレヴァスが愛液でぬめる感触がたまらなかった。

「あふぅ……おま×こ、気持ちいい……」

また淫らなことを口走る。少女は明確にそれを愉しんでいた。

「あふっ……！」

先ほどは下着の上から触れたクリトリスを、今度は直接指で撫でる。この行為に慣れているのか、手つきには迷いがなかった。

愛らしく包皮にくるまれた陰核に、まずたっぷりと指で愛液を塗りたくり、肉芽そのものというよりも、蜜で張られた膜に触れるかのようにこねくり回す。

「くふぅっ……クリ……いい……あぁ、あぁ……」

自分自身を焦らすようにスローで、やわやわとしたオナニーだった。

陰核を優しく揉み、絶頂の影がちらりとでも見えると手を離してふぅふぅと息を整える。それを一度、二度、三度……と繰り返し、ぬるま湯のような快楽の中に長時間浸っている。

（すぐにイッたらつまらないもん……）

菜々美はゆっくりとクリトリスから手を離す。

「んふ……」

そして静かに肉の合わせ目を下り、まだ男を知らぬ膣口にゆっくりと指先を添えた。

（これがいいの……何回も自分を焦らしたあと、クリでイカないで、中でイクのが

（……最高に気持ちいいの）

性の手練《だ》れのようなことを考えながら、つぷ、と音を立てて人差し指を膣穴に埋もれさせていく。

「あんっ……」

指一本とはいえ、菜々美にとっては大きな圧迫感だ。オナニーは何度も繰り返したが、指より太いものを咥えたことはない。この娘は紛れもない処女だった。

「あふぅ、あぁ、処女膜……」

いくら敏感な肉体をもってしても、処女膜の感触はわからない。だが、いま己《おの》が指を入れているところにそれがあるという実感だけで、少女はさらに興奮していく。

「あっはぁ、はぁっ……はぁぁんっ……あんっ……」

指を第二関節ほどまで挿入すると、ゆっくりと曲げたり伸ばしたりを繰り返す。

くちっ、くちっ、くちっ……と、粘っこい音が指と粘膜の間に響く。

「ああ、私のおま×こ……恥ずかしい音してる」

甘えるように呟《つぶや》いて、蜜肉の中の気持ちいいところを探っていく。特に少女は、膣穴の天井のざらつきがお気に入りだった。

Gスポットと呼ばれるその性感帯を、菜々美は勝手を知っているというふうにしっかりと刺激していく。

そこを指でなぞっていると、クリトリスを刺激するのとはまた違った、下腹の奥から来るような快感がこみ上げる。

「あふ、あぅふ……い、イク、イクッ……」

巧《たく》みな指使いがどんどん加速する。指の腹で感じる場所をぐりぐりと押し、充血させるのを繰り返す。絶頂はすぐそこだ。

「あぁっ……イクッ、イク……イクッ!」

びくん、と少女の身体がのけぞった。ぴぃんと弧を描くように背筋がこわばり、反対に下腹と足はがくがく痙攣し、可愛らしい顔は快楽にとろけきる。

「ふぁああぁっ……」

女の絶頂とは、どうしてこうも深いのか。

(女の子の身体……気持ちよすぎるよぉ……)

菜々美はまるで他人事《ひとごと》のように考えながら肩で息をする。

「ん……」

そしてわずかに呼吸が整ったかと思うと、ベッドの上に身体を投げ出した怠惰《たいだ》な姿勢のまま、それでも貪欲《どんよく》に再び指だけ動かす。

「あふ……あぁ、んぁぁっ……」

今度は秘唇ではなく、乳首をパジャマ越しにゆっくりとなぞる。

布地を隔てているというのに、控えめな乳房の先が尖っているのがしっかりわかる。

その尖りを指でつまみ、くりくりといじくり回す。

「あん……乳首、いい、あん……あん……」

菜々美の声や痴態は、どんどん加速していく。

一度絶頂を迎えた肌や粘膜は、ひどく敏感になっている。乳首への刺激だけで、再び膣穴が湿った。

（女の子ってずるい……何度もイケるんだから）

一度射精してしまうと気が抜けて、虚脱感に襲われる男とはまるで違う。むしろ果てたら果てただけ全身の性感が増していく。疲労をおしてでも、何度でも自慰を続けたくなってしまう。

「ああっ……！」

たまらなくなった菜々美はベッドから起き上がった。

そして部屋の隅に置かれた姿見の前に立つと、己の紅潮した頬や、淫らにぽっかりと開いた唇をじっくりと見つめた。

「ああ、なんてエッチな顔……」

ぞくぞくする。菜々美という少女は、素朴で着飾らないがとにかく美しかった。

(もったいないんだから……これ、買ってもらってよかった)

ワンピースパジャマの裾を指で持ち上げ、ゆっくりと太ももを露《あらわ》にさせていく。

「見えちゃう……見える……」

鏡の中の自分が、いま部屋にいる自分を焦らしている。ひと思いにスカートをまくり上げて秘処を見たい。でもまだ見たくない。見えそうで見えないのがいい……。

見ているだけでまたクリトリスが、ペニスの勃起のように疼く。

(こんな可愛い子は、可愛い格好をしなくちゃ)

そう思ってから、ばっと裾をめくった。

「はぁっ……！」

毛の薄い下腹部が露になる。それはオナニーの最中にも見えていたが、少女の美しい容姿と合わさると新鮮な興奮をもたらす。

「あぁんっ……可愛い、可愛い……どうしてこんなに……」

もうたまらなかった。菜々美は立ったままぐいっと脚を拡げ、少女の可憐さにそぐわぬ下品な格好をする。

そしてそのまま秘唇をいじりだす。左手の人差し指でクリトリスを撫で、右手の中指を膣穴に突き込んでかき回す。もはや遠慮も、自分を焦らすこともしていられなかった。

「あふぅっ、あっ、あっ、あんっ、菜々美、菜々美、菜々美ちゃん……」

自分の名前を、狂おしく呼ぶ。

「菜々美、イッちゃうよぉっ……おま×こでイッちゃうよ、こんな恥ずかしい格好して、おま×こグリグリしてイッちゃうよぉっ！」

さっきよりも激しい音と、淫らな汁。鏡面にまで飛び散った蜜液が、菜々美をさらに興奮させていく。

「イクッ、立ったままイクゥッ！　がに股でイクッ、菜々美、女の子失格のポーズでイッちゃううぅっ……！」

叫んだ瞬間が限界だった。菜々美は膣奥で破裂した激しい絶頂に打ちのめされ、それでもどうにか脚だけは突っ張らせて、鏡の前で淫らに果てた。

「あはぁあっ……はぁっ、はぁぁ……！」

へなへなと崩れ落ち、カーペットの敷かれた床にぺたりと尻もちをつく。

「あん……エッチなシミ、できちゃう……」

言いながらも、尻を持ち上げる気はなかった。それどころかまた秘唇をまさぐり、三度目のオナニーに挑もうとしている。

(昼間っから女の子の身体でオナニーに浸《ひた》れるっていうのは、たまらないな)

ふと菜々美の中に〝男〟の思考が差し込まれる。

——それがこの身体の現在の主、坂上睦夫《さかがみむつお》の本心だった。

2

「菜々美ちゃんが女の子らしいものに興味持ってくれて、ママ嬉しいわ」

街中はもうすぐ訪れる本格的な冬に向けて、おしゃれなアウターやギフトに溢れていた。その中を幸福そうな母親と歩くことに喜びを覚える。

「今まで、おしゃれな服も、可愛いものも、ぜんぜん欲しがらなかったんだもの」

「うん……そうだったね」

菜々美——睦夫は、あやふやな返事をした。

母親の言うとおり、この菜々美という女の子は服やインテリア、ありとあらゆる趣味に飾り気がなかった。

それが睦夫によって急に少女趣味に目覚めたことを、両親は不審がるどころか喜んでくれていた。

(助かった……と言うべきかな)

内心ほっとしながら菜々美の母とショッピングモールを歩いて考える。

(でも、まぁまさか、自分の娘の中身が、いい歳した男と入れ替わってるなんて……思わないもんな)


坂上睦夫は、二十代も後半にさしかかった冴えない男だった。なにも容姿だけではない。彼の人生そのものが、冴えないとしか形容しようのないものだった。

物心ついたころには父は病気で床《とこ》に伏せっていて、母はその介護と仕事に奔走し、それでも立派に睦夫を育てようと必死だった。

しかし貧乏ばかりはどうにもならない。いつもぼろぼろの服を着てうつむく睦夫を、周りの大人も子供も、あからさまに見下して距離を置いた。

そんななかで睦夫が得た処世術は、ひたすら笑っていることだった。

「貧乏で貧相な顔をしたガリ男」

高校を卒業して入った職場で、女性たちはそんなことを言って睦夫を嘲《あざけ》った。

それでも睦夫はへらへらと笑い、職務以外の雑用だって平気な顔でこなした。

（こうしていればいいんだ。こうすればなにも奪われないんだ）

得られはしないが、失うことはない。

「あいついい人ぶってるけど、インポなんじゃないの」

日に日に辛辣さを増していく陰口にそんな言葉もあって、睦夫の胸は怒りに燃えた。

（冗談じゃない。好きでこんな生活、してるわけあるかよ）

ただそうするしかないからだ。そんな人生を自分に強《し》いているのはお前らだ。そんなふうに考えて、それでも笑顔を絶やさないでいた。

そして職場から帰ると、決まって自瀆《じとく》に耽った。ルサンチマンを性欲に無理やり変化させて、射精をすれば憎しみも薄まると自分に言い聞かせていた。

（本物の女っていうのは、どんなものだろう。柔らかくて、いい匂いで……）

携帯電話で見るポルノサイト越しに想像する女体。それだけが睦夫の苦しみや悲しみを癒してくれた。

そんな最中、もうずっと「いつ迎えが来てもおかしくはない」と言われていた父が、実にあっさりとこの世を去ってしまった。

いくらずっと病気で、子供のころから遊んだ記憶すらない父とはいえ、簡素な家族葬のときには涙が出た。

しかし、ずっと悲しみに浸ってもいられなかった。

まるで父を追いかけるように、睦夫の母親までが風邪からきた肺炎をこじらせて亡くなったのだった。

(こんなつまらない人生に、なんの意味があるんだろう)

父も母も死に、蓄えもない。恋人はおろか友人もいない。この悲しみを分かち合ってくれる者がいない。

(生きる意味なんかない……)

睦夫は失意の底、寒くなりだした雨の日にただ街路を歩いていた。

(これからどうしたらいいのか……)

そんな思考に囚われ、横断歩道の信号が青から赤に変化したのに気づくことができなかった。

「あっ……」

大きなクラクションが聞こえてくるときにはもう遅かった。

睦夫の何倍もの大きさのトラックが、彼の身体を思いきり跳ね飛ばした。

激しい衝撃と、空中に跳ね出される感覚。

（ああ、俺はここで死ぬのか）

不思議と思考は冷静で、睦夫はそう判断した。お似合いじゃないか。むしろ救いじゃないか。そう考えて身を委ねようと瞳を閉じた。

しかし思考も視界も、いつまでも真っ白だった。

想像していた痛みも、地面に打ちつけられる衝撃すらもない。

「……あ…………」

思わず声をあげ、そして驚いた。自分の喉から響いたのは、まるで少女のようなソプラノボイスだった。

「え……？」

ゆっくり瞳を開ける。目に入ったのは真っ白い天井と蛍光灯。

（誰かが……病院に運んでくれたのか）

自分は重症なまま意識を失い、どこかへ搬送されたのか……。

そう思ってあたりを見渡しかけ、左腕にじくりと痛みが走ったので慌てて身体を動かすのをやめる。

（折れてる……のか？　腕だけか……？）

まさかあんなトラックに思いきり跳ねられて、折れたのが左腕だけなんてことがあるのだろうか。

「あっ！ あなた！ 菜々美ちゃんが！」

女性の金切り声にぎくりとする。

（……菜々美ちゃん？）

「おお、菜々美！ ……先生を呼んでくるっ」

次に聞こえたのは男性の声と、どたばたと病室を出ていく足音。

やがて白衣を着た医師と看護師、品のいい四十路ほどの男女が、身動きの取れない睦夫を取り囲んだ。

「ああ、よかった。脳に異常はないというのに、目を覚まさないものですから……不安だったのですが」

「菜々美ちゃん、痛くはない？ 大丈夫、本当に大丈夫なのね」

「あ……」

睦夫は、混乱しながらもうっすらと理解した。

「う……うん。大丈夫だよ……お母さん」

そう答えると、予想どおり「菜々美」の母だった女性はわっと泣き崩れた。それを見て父と思しき男も涙ぐみ、医師はそんな二人を優しい笑顔で見ている。

それからの頭上のやりとりを、睦夫はぼうっと聞いていた。

「今後、あちらの運転手とのやりとりも大変かと思いますが、菜々美ちゃんはきっと回復しますから、頑張ってくださいね」

「ああ、ひき逃げじゃなかったのが幸いです。相手も罪を認めていますから」

「まさか下校途中にトラックに跳ねられるなんて。左腕が折れただけでよかったです。今後のリハビリスケジュールは……」

(俺が……菜々美……この女の子と、入れ替わってしまったということか)

フィクションではときどき見かける題材。同じ時間に同じ衝撃や経験を得た者の肉体と精神が入れ替わる……。

そんなことが己の身に起きているというのか。

(じゃあ今、俺の中には……この、菜々美って子が……)

そもそもここはどこなのか、本来の睦夫は生きているのか、菜々美というこの子はどのような者なのか……。

「………」

いろいろと知らねばならないことはあった。

しかし彼の中には……一種の喜びがこみ上げてもいた。

（…………今までの俺と、おさらばできるってことか）

孤独で貧乏な暮らしから。

誰からも相手にされない人生から。

この人のよさそうな両親に見守られて……。

「……ふふ」

そう思うと、小さく笑いが漏れてしまった。

幸いそれに気がつく者はいなかった。


「たくさん買ったわね。混みはじめる前に、どこかでお昼を食べちゃおうか」

母の言葉に睦夫――菜々美は頷《うなず》いた。

この常盤菜々美という少女は、現在中学二年生だ。

父も母も働いているが、むしろ生活は裕福だった。ニュータウンの戸建て住宅に住み、母が平日の昼間に働きに出ているのは、美容師の資格を持っていて、友だちのカットサロンの手伝いにかり出されているためだ。

結婚して五年目にしてようやく恵まれた菜々美という娘を、両親ともども溺愛していた。

（俺とはまるっきり違う世界の人間だな）

母と入店したレストランの席で、そんなことを思う。

（成績はそれなりによし、友だちもいる、ただし彼氏なし、異性にも興味なし……趣味もだいぶサバサバ系っていうか、男っぽいというか……）

睦夫は軽度の骨折が治って退院してから、部屋の学習ノートやスマホの履歴から菜々美をそう分析していた。

「今日買ったワンピース、可愛いわよねえ。菜々美ちゃんがあれを着てお外を歩くのが楽しみよ」

「うん。買ってくれてありがとう」

菜々美という少女はこんなに美しいくせに、とにかく女らしいものに興味がなく、母はそれを嘆いているふしがあった。

（……せっかく女の子になったんだから、可愛いものが着たいよな）

果たして睦夫のそんな想いは、母を喜ばせた。箪笥《たんす》にもクローゼットにもなかったふりふりのスカート、リボンのついたブラウス、そんなものをねだった。

母も父も快《こころよ》く買ってくれた。裕福なのもあるが、すぐに怪我を治して退院した菜々美へのお祝いの意味もあるようだ。

「前は髪の毛も、男の子みたいに短く刈り込みたいって言ってたでしょう。それはお母さんが止めさせてたけど……」

（……この絹みたいな毛を、男みたいに刈り上げるって？）

思わず肩口にかかる長さの髪に触れた。さらさらだ。

「なんだか、急に可愛いものが好きになっちゃったの」

若干焦りを抱きながらも、母が望むであろう返事をする。

「もしかして、これ、事故の後遺症だったりして」

「こら。そんなことは冗談でも言わないで」

「えへへ、ごめんなさーい」

菜々美を跳ねた自動車の運転手は善良で、自分の過失を認めてすぐに賠償となった。裁判なども必要なく、保険会社がほとんどの手続きを代行してくれた。

なにより菜々美が軽症だったので、両親も周りもギスギスしたりはしなかった。

しかし事故に遭ったことは事実なので、親やときどき会いにくる友人との会話でつじつまの合わない部分が出てくると、それを理由にごまかせるのは都合がよかった。

医師までもが、菜々美としての振るまいがおぼつかないことを「記憶が若干飛んでいるのかもしれません」などと言ったのだ。

（案外、ちょろいな……周りが善人まみれで助かったよ）

今までの経験で、富める者ほど周りに優しいのを睦夫は知っていた。金持ち喧嘩せず。菜々美の周りはそんな人間で溢れていた。

（せっかくこんな身体を手に入れられたんだから……いい思いはさせてもらおう）

そんなことを考えていると、睦夫——菜々美の前に、鮮魚のポワレが運ばれてきた。

「わあ、私、これ大好き」

口から出任せだ。こんなもの、今までの人生では睦夫は食べたことがなかった。

「でしょう、さ、食べよう」

ナイフとフォークを構えた母親に少しどきりとするが、見よう見まねで菜々美も同じようにする。

不器用に切り分けた魚を口に運ぶと、今まで得たことのない複雑な美味が舌に転がり込んできた。

「——……」

菜々美は、思わず涙を浮かべていた。

（これからは、こんなものが食べられて……当たり前の生活ができるんだ）

「どうしたの、菜々美ちゃん」

「う、ううん。久しぶりに食べたから、嬉しくって」

ごまかしを口にした菜々美に、母もじぃんと感じ入ったようだった。

「来週から学校だけど……お休みの日に、パパと三人で来ましょうね」

菜々美は泣きながら頷いた。頷きながら、目の前のご馳走をゆっくりと嚙み締めた。


「……本当に、恋愛にも興味がないんだなぁ」

買い物から帰宅し、菜々美のスマホを見ながら睦夫は呟いた。

スマホに入ったメッセージアプリのログをさかのぼることに夢中だった。そろそろ学校が始まるので、交友関係は把握しておかなければならない。

友だちとの他愛ない会話の中には、年ごろの女の子らしい恋愛の話も含まれていた。

「二組の横井《よこい》くんが菜々美を好きらしい」

「菜々美って気になる男子はいないの？」

そんなメッセージを投げられたのが、一度は二度ではなかった。

だが菜々美はそれについてすべて「興味がないから」で返していた。

(強がり……ってわけでもなさそうだな)

まったく女っ気のない趣味、髪の毛まで刈り込みたいと母に告げる性格。本当に恋愛事に関心がなかったのだろう。

友だちに送るメッセージにも、絵文字なんかは使われていない。そっけないわけではないが、ずいぶんさっぱりとした性格が文面から現れていた。

(優しくてサバサバ系……それでこんな美少女か)

もしこんな少女が自分、睦夫の人生に寄り添ってくれていたらどう思っただろう。

(いや……)

それどころかいま睦夫は、少女自身なのだ。

「こんな女の子を、好き放題できるなんて……」

言いながら、ベッドに横たわっていた睦夫は何気なく菜々美の乳房に触れた。

この子を男として犯すのではない。少女自身として、内側から好きにできる。

(なんだか……それって……)

興奮した。

男の下卑《げび》た心を持ちながら少女の見た目をし、少女として振る舞う。

その倒錯した感覚は、ずっと睦夫を高揚させた。

だんだん自分は本当に女の子なのではないか、生まれたころから菜々美なのではないか……そんなふうに思うことも増えてきた。

でも、こうして女体に触れながら興奮する気持ちだけは、男そのものだ。

「んんっ……」

成長途中の大きさの乳房を優しく揉み、その先の乳首をくりくりと指先で撫で回す。すぐさま秘唇が湿る。男だったら浅ましく勃起をしているところだが、これは可憐な菜々美の身体。性的な高揚で得るのは、下腹部から膨れ上がってくる勃起よりもずっと深い粘蜜の分泌だ。

「あふ……菜々美、またオナニーしちゃうの？」

戯《たわむ》れに自分に問いかける。返事は指先に宿った。

「んっ……ふ、んぁ……あぁん……」

すぐさま下着の上からクレヴァスに触れ、濡れたショーツ越しに割れ目をなぞりはじめる。ぞくぞくする快感が、全身へ伝播《でんぱ》した。

「あふっ……あふ、あぁ……！」

大きな声をあげそうになって、今はリビングに母がいるのだということを思い出す。喘ぎ声は抑えなければならない。

（んくっ……でも、それはそれで……）

媚声を口の中に抑えつけると、淫らな気持ちが発散先を失って身体の中に溜まっていく気分だ。

「あっ……く、くふ……んん……」

もはや意味をなさないほど濡れ、秘唇が貼りついた下着の上から、クリトリスを何度も転がす。

(あぁ、クリオナ気持ちいい……)

男のペニスにたとえると亀頭のような部分。快楽神経の集中した出っ張りだ。

(今日は……あんまり長くできないし、クリでイッちゃお……)

母が部屋を訪れないとも限らない。長々自慰を続けるよりも、インスタントな快感でも、しっかり最後まで楽しみたかった。

「ふぅっ……う、うぅ……ん……」

指を加速させる。爪の先でくりくりくりくり、と何度も上下に肉芽を引っかいた。

「んふぅっ……あぁ、あふ、気持ち……いい……」

そのたびに腰が浮くような快楽が襲いかかり、菜々美の身体を支配していく。

脳が甘い愉悦にひたひただ。睦夫はすっかり、女の身体で得る気持ちよさに夢中だった。

「い、イクッ……くうぅぅんっ……」

やがて狂おしいほどの快感の波が襲いかかる。大声をあげないように、思わず近くにあったタオルケットを噛みながら、それでも指を動かしつづける。

「んんっ、んんっ、んうぅぅぅぅぅっ……！」

そして絶頂は呆気なくやってきた。クリトリスがジンと痺れ、そこからぱちんと弾けたなにかが全身に広がっていく。頭の中に、ぼんやりと白い靄《もや》がかかる気分だ。心地よいけだるさ。絶頂は過ぎ去ったというのにまだ全身を支配する気持ちいい痺れ。

（女の子って、何度でもイケるからいい……）

すぐに終わらせようと思っていたはずなのに、手はまだ秘唇をいじくっていた。

「んはぁっ……はぁ、はぁあぁ……！」

絶頂を迎えたばかりのクリトリスは敏感だ。触ると痛みすら覚えそうなほど充血している。

「んんっ……んんっ、くぅぅ……」

それでも菜々美の身体をまさぐるのをやめない。睦夫……菜々美は、快楽の限界を超えようと、全身を悶えさせながらもさらにオナニーを続ける。

（はぁ、あぁ……おま×こイキもしたい……）

膣穴に指を突き入れての快楽が得たい。絶頂がしたい。母のことなど気にせず、思いきりこの身体をまさぐりたい……。

しかしそれはリスクの高い行為だという理性もある。

「うぅ……うくぅううぅうっ……！」

仕方なしに、クリトリスをいじりつづけて二度目の絶頂を試みる。

「あふっ、い、イクッ……んむぅうぅうぅっ！」

充血した肉芽は、あっという間に絶頂を迎えてしまう。再びタオルを嚙んだところで、菜々美の身体はびくびくと痙攣した。

「あっ……はぁ、はぁ、はぁぁ……！　おっきな声、出ちゃった……」

息をぜえぜえと整えながら、ドアの向こうの気配を窺う。

幸いなことに母はリビングで家事をしているようで、菜々美の自慰に気づいた様子はない。

「や、やめなきゃ……もう……」

そう言いながらふらふらと身体を起こして、ベッドの上に座り込む。

女の身体というのは不思議だ。いくら絶頂してもすぐ欲しくなる。あの全身を打ちのめされる快感に、また身を委ねたいという気持ちが抑えられなくなってしまう。

「あん……」

これ以上続けるなんて、という気持ちは、快楽を求める本能に勝てない。

座り込んだ身体のそばにあった枕を掴《つか》むと、それをゆっくりと脚の間に挟み込んだ。

そのままうつ伏せになって、枕で秘唇を刺激する。

(これも、もどかしくて好き……)

指でいじるほどピンポイントで気持ちのいいところを刺激できない。

ただ下半身全体を圧迫するのは、指で得られるものとは別の快感を与えてくれる。

(こうやってオナニーする小さい子、いるっていうけど……)

──本物の菜々美は、オナニーなんかしただろうか。もしかして、自慰にも興味がなかったりしたのだろうか。

(そんなの、もったいない……)

こんなに敏感な身体を持って、それを使わないでいるなんて。

「あふ、あん、あんっ……あんっ……」

腰をへこへこと動かしながら、三度目の絶頂へと昇りつめていく。

(あぁ……イクッ、枕でイクッ……)

布越しに肉芽が擦れ、圧《お》され、じんわりとした心地よさがこみ上げてくる。

「あふぅっ……くぅ、うぅぅぅ～っ……！」

そしてまた、菜々美の身体は呆気なく果てる。

「んふ……んふぅ……」

しかしそうしても起き上がらず、ずっと枕に向かって腰を振りつづけた。

菜々美の身体でするオナニーに、睦夫はすっかりのめり込んでしまっていた。

3

(今日は歩いて隣駅まで行ってみようかな。このあたりの地理も、頭に入れておかないとまずいし)

睦夫——今ではすっかり菜々美——は、先日買ったばかりのチェック柄のワンピースの上にカーディガンを羽織り、住まいのニュータウンをうきうきと歩いていた。

(女の子になってから、歩くのが楽しいな……)

そんなふうに思う。膝丈のワンピースの下は、大胆にも素足だ。くるぶし丈のソックスとストラップシューズを合わせ、菜々美のアイドルのような愛くるしさにぴったりの服装をしていた。

肌寒い季節だが、ぴちぴちと若い肌はそれをものともしない。素肌を露出して歩くのは確実に快感だった。

可愛らしく着飾ってご機嫌そうに歩く彼女を、道行く男たちが好意的な視線で眺めている のがわかる。

（だって、こんなに可愛いんだから）

かつての睦夫だって、こんな美少女が嬉しそうに歩いていたら目で追ってしまうだろう。そして脳内でよからぬことをする妄想まで膨らませたはずだ。

（みんな……もっと見ていいよ。もっと菜々美を見て）

そんな気持ちでいるから、ただの散歩だけでもとても愉快だ。

住宅街を抜け、駅近くの商店街へ。そこから電車に乗ることもできるが、今日は徒歩で隣駅まで足を伸ばすことにした。スマホの地図アプリを見ながら、あちこち見渡して歩いていく。

「えっと……ここが駅で、あっちがコンビニだから」

小さく呟き、現在位置の確認をする。隣駅の近くには大きめのスーパーマーケットがあるようだから、それを目印にすればいいだろうと目星をつける。

しかし、地図の確認のために立ち止まった菜々美に、ひとりの男が近づいてきた。

「ねえ、君。暇？」

「え……」

「すごく可愛いね。この辺に住んでる子なの？」

畳みかけられ、思考が追いつかないままに男を見つめ返す。

話しかけてきたのは中年ほどの男性だ。くたびれたジャンパーとジーンズが、どうにも近寄りがたい雰囲気を醸している。

（もしかして……これって、ナンパ？）

理解した瞬間、菜々美の胸がどきりと高鳴った。今までさんざんこの身体でオナニーの快楽はむさぼってきたが、男に恋愛、あるいは性的な目で見られていることを突きつけられるのは初めてだった。

（ああ……やっぱり、私が可愛いから）

自分は今、紛れもなく美少女なのだ。そう実感してぞくぞくする。

「オマ×コぺろぺろされると、おち×ちん欲しくなっちゃう？」

「えっ？」

しかし、次に男の口から発せられた言葉はそのときめきを凌駕《りょうが》していた。

ナンパ、などという生ぬるいものではない。

（――痴漢だ！）

そう認識して、菜々美の心は大きく乱れた。恐怖や驚きにではない。

（このままここにいたら……どうなるの）

そんな危険な好奇心によって、菜々美は立ち尽くす。

（もしかして、こんな男に……い、いやらしいことをされて……）

男は菜々美の反応を楽しむかのようににやにやと笑っている。その顔だけでももうだめだった。

（この絶世の美少女が、こんな小汚い男に犯されるなんて……！）

全身がブルリと震えた。腰の奥から熱いものがこみ上げ、熱い蜜となって菜々美の秘唇から滴った。ワンピースの下のショーツがじわりと湿るのがわかった。

「ねえ……君」

「……っ！」

しかし、男が手を伸ばしてきたところで思考より先に身体が動いた。全力で駆け出し、そのまま人気《ひとけ》の多い駅へと引き返す。

駅も通過し、自宅付近の公園までたどり着いてようやく足を止めた。

（どうして、私……逃げちゃったのかな）

残ったのは、そんな後悔混じりの疑問だった。

（あのままあの男に……あぁっ）

そう考えると再び肉体が性的な熱で内側から炙《あぶ》られた。こんな美少女が、街で出会ったばかりの中年男の慰み者にされるなどたまらない。

（そんなの、考えただけで……）

その場にへたり込みそうなほどの興奮が菜々美を襲う。ますます逃げてしまった自分を悔やんだ。

（で、でも……あのまま犯されたりしてたら……それが家族にバレたりしたら、まずいことになってたかもしれないし）

自分を納得させようとそう言い聞かせるが、考えれば考えるほど高揚と後悔は強くなっていった。

「もう……ダメッ……」

内股になりながら、菜々美はよろよろと公園のトイレに駆け込んだ。

「んんっ……！」

個室に入って鍵をかけてしまうと、洋式便器の上に座る。

（あぁ……おま×こ、もうこんなに濡れてる……）

そっとショーツに触れると、クロッチの部分はもう下着の用をなさないくらいに湿っていた。

「はぁ……あぁ……こんなところで……」

口では抵抗感のあるようなことを言いながらも、そのまま下着を膝まで下げてしまう。

「菜々美……変態……痴漢に声かけられただけで濡れて……公衆トイレでオナニーしちゃうんだ……」

言葉にするとさらに興奮が強くなった。たまらずぬかるんだ秘唇に指で触れ、包皮からそっと顔を出すクリトリスに触れる。

「あぁんっ……！」

大きな嬌声が漏れてしまう。もし外を誰かが通りかかったら。トイレに入ってきたら。そしてそれが、もしさっきの痴漢のような男だったなら……。

（ダメ……ダメ、そんな、ダメ……あぁあっ……）

菜々美は勢いに任せて、中指を膣穴に突き入れた。こんな場所で自慰をすることへの危機感は、あっという間に快感に負けてしまった。

「あふ……ん、あっ、あっ……あふぅ、あぁ……」

ちゅぽちゅぽと指で蜜壺を往復しながら、器用に親指もクリトリスに当てていく。

菜々美の白い手のひらに溜まるほどの愛液が溢れ、内股も、便器の中も濡らしていく。

「あはぁ……はぁ、お外でオナニー……気持ちいいっ」

気持ちいい。口にしてしまうともうごまかせなかった。菜々美は、家の中でするよりもずっとスリリングな自慰行為の虜だ。

「あくぅん……んぅ、あぁ……あはぁ……あぁ、イクッ……すぐイッちゃう、あっ、あっ、あぁぁあぁあぁっ……！」

快楽が全身に回るのが、いつもよりずっと早かった。お腹の中で風船がぱちんと弾けるように愉悦が破裂して、菜々美を快楽の頂《いただき》へ連れていく。

「ふぁ、あぁっ……あぁ……あん……」

いつものように、一度絶頂しただけでは満足できない。

菜々美は洋式便座の背にぐったりともたれながら、未練がましく秘唇をいじりつづけた……。


公園のトイレで欲望を発散させた菜々美は、その後、ある意味自慰よりもずっと大胆な行為に出た。濡れすぎて役に立たない下着をハンドバッグの奥にしまい込むと、そのまま商店街まで歩いて買い物をしたのだ。

「ああ……本当に買っちゃった」

母のいない部屋の中で、ドラッグストアで購入したものを見つめる。

それはなんてことのない、携帯用の制汗スプレーだ。菜々美くらいの年ごろならば、ひとつくらい持っていてもなんら不思議ではない。

ただ、今の季節に多く使われるものではない。息せき切って、これ一本だけ買うのはどういうわけだ、なんて店員に思われているのではないか、自分が思い浮かべていることも見透かされているのではないか——ついでにいま下着を穿いていないこともバレている気がして、菜々美はドキドキしながら商品をレジへ持っていった。

そんなスリルも興奮になってしまうのだから、もうどうしようもない。

緊張しながら買ったスプレー缶をくるりとひっくり返し、底をじっと見つめる。

「これが……」

缶の直径は、菜々美の指を三本重ねたよりやや太い程度だ。彼女の想像するものよりは細身かもしれない。

(でも……んくッ……)

想像するだけで立てなくなるほどの興奮が菜々美を襲った。壁伝いにへなへなと座り込みながら、ワンピースの裾をまくって、むき出しの秘唇を再びまさぐる。

「あふ……あんっ……こんなのを、ここに入れちゃうなんて……」

菜々美が企てたのは、擬似的な処女喪失だった。今まで指より太いものを入れたことのない膣穴に、このスプレー缶を押し込んでしまおうと思ったのだ。

(菜々美の処女……)

奇妙な高揚が菜々美を襲う。正確には菜々美の奥にいる睦夫が、歪んだ支配欲を見せているのだ。

(こんな可愛い女の子の処女を、モノで破っちゃうなんて……)

でもそれがいい、と菜々美の中の睦夫は思う。そうやって汚してやることで、自分の女性に対する復讐心を満たすことができる。

(んんっ……あぁ、でも、それより……)

睦夫よりも菜々美の意識が勝つ。そんな昔のことよりも、今はただ、セックスのようなことがしてみたかった。指より大きなものを受け入れる快感が知りたかった。

「あぁ、ふぁっ……あん……」

前戯の必要もないほど濡れた秘唇から指を引き抜いて、缶の底側を膣穴にあてがう。

「ふぅっ……くぅ、うぅっ……!」

若干の緊張で、寒いほどの室温なのに額から汗が伝う。けれどもう、好奇心と性欲を止めることはできなかった。

「あぁっ！　あくっ……う、うぅ～～っ……！」

菜々美の可憐な声に苦痛の色が滲む。スプレー缶は愛液の滑りでヌルリと膣口を通過したが、同時にちりっとした痛みが粘膜に走った。

(ひ、拡がっちゃう……菜々美のおま×こ、拡がっちゃうよぉっ……)

だがやめようとは思わない。それどころか歯を食いしばりながら、もっと奥へ挿入しようと手のひらで缶を押し込んだ。

「うくぅ……う、うぅうっ……んはぁっ……はぁ、あぁっ……！」

処女膜の膜とは名ばかり、本当はくしゅっとしたヒダが膣口の近くにあるだけ……それは知識として知っていた。

(処女膜……菜々美の処女膜、今、こんなもので拡がって……)

異常なまでの興奮が襲い来る。菜々美はさらに缶を奥まで入れ、本物の男のペニスだったらこのくらいだろうと思われるところまで挿入しきってしまった。

「あふぅっ……うぐ、うぅうっ……くぅ……ん……」

膣穴が異物のせいで突っ張っているのがわかる。だが同時に、粘膜からとめどなく蜜液が溢れてくるのも感じる。

「ゆ、指で、いっぱいオナニーしたから……？　女の子って、こんなにすぐ……慣れちゃう、の……？」

最初に走った小さな痛みなど、今はもうみじんも感じない。小さな穴が拡がる圧迫感も、うずうずした快楽に変わりつつあった。

「う……動かし、ちゃう……んんっ」

缶の端を摑むと、ゆっくりと引き抜いていく。

「あぁ……お、おま×こっ……引っ張られて……あぅうぅっ」

狭い処女膣が、ひやりとする金属の感触につられる。

「ふぅっ、うぅ、うぅぅぅ……」

半分ほどまで引き抜くと、今度は逆にまた押し込む。膣穴も同じように、ぐっと奥へめり込んでいく。

あとからあとから滲んでくる愛液のおかげで、その前後運動にはまったく引っかかりがなかった。

「あぁ……あぁ、あぁっ……あっ、あっ……」

痛みがないとわかれば、あとはもう指でするオナニーと要領はいっしょだ。

「はぁん……ふぁ、あぁっ、あっ、あぁ……ん、んんっ……硬いぃ、太いぃ……」

敏感な穴の内側を缶で擦っていくうち、やがていつも指でほじっていた場所を探り当てることができた。

「あぁんっ……あぁ、んっ……あっ、あふ、あぁっ……！」

すぐに子宮の内側から鋭い快感が襲いくる。床につけたお尻が浮いてしまうほどの強烈な気持ちよさだ。

（指より……全然いいっ）

この少女の細い指を使った膣穴オナニーは、感度の高いところを探ってつんつんと刺激する感覚だった。それが楽しくもあった。

しかし指より太い、しかも自分の身体ではないもので蜜肉を圧迫しながらGスポットを擦るのは格別だった。快楽の塊が何度も腰の奥で生まれ、そしてじぃん、じぃん、とすぐさま溶けて粘膜に染み入ってくる。

（偽物でこんななんだから……ほ、本物を入れたら、どうなっちゃうの……）

「あぅうんッ！」

そう考えた瞬間、想像だけで身体が跳ねた。背筋がしなり、膣穴がギュウッとスプレー缶を締めつける。菜々美は生まれて初めて、指以外のものを咥え込んだ絶頂を迎えた。

「あはぁっ……はぁ、はぁっ……あぁ……！」

だがそれでも止まらない。ブルブル震える身体で、それでも缶を握りしめてゆっくりとピストンさせる。

ぐぢゅぐぢゅと淫らな汁音を響かせながら、膣肉での快感をむさぼっていく。

「はふぅっ……ふぁ、あぁあっ……あふ、あっ、あんっ、あっ……気持ちいい……気持ちいいっ……！」

気持ちいいという言葉は、言えば言うほど菜々美の感度を増幅させる。

「んくぅぅぅっ……ふぁあんっ！」

太いものの前後にも慣れたころ、欲深な菜々美はさらにクリトリスにも手を伸ばした。いつもどおり膣穴とはまた異なる鋭い快楽に刺されるが、今はそれすらこれまでとはひと味違った。

(す、すごい……クリの気持ちよさが、おま×この奥に響いてくるぅ……)

濡れたクリトリスを撫でる直接的な快感が、まるで血の巡りに運ばれるかのように膣奥まで響いてくる。それが肉穴をキュッと締めつけさせ、そうすると挿入されたものをより強く感じ取ってGスポットが疼き、その疼きがさらにクリトリスに反射する。

(こんなの……おかしくなっちゃうよぉっ！)

菜々美は快感の自家中毒のようになっていた。もう手を止められない。

「止まらない……止まらないよぉっ……あそこがトロトロになってるぅ……あぁ、お、おま×こ、菜々美の淫乱おま×こっ……あぁあぁっ」

淫らな言葉を口にして、さらに昂《たかぶ》っていく。

部屋の床に淫らなシミができていた。だが今の菜々美には、そんなことに頓着できるほどの理性は残っていない。

「あくぅっ、あふっ、あんっ、あんっ、あっ、あっ、あっ」

缶の出し入れに合わせてクリトリスを撫で、それと連動して声があがる。

「……欲しい」

そんななか、奇妙な情熱が菜々美の中に宿っていた。

「本物のおち×ちん、欲しいっ……あぁ、菜々美のおま×こに、入れてほしいっ！」

この敏感な穴粘膜に、あの熱く猛ったモノを入れたら、いったいどうなってしまうのか……それを知りたくてしょうがなかった。

（やっぱり今日、痴漢から逃げなきゃよかった……あの汚い人に犯されて……本物のおち×ちんで、処女卒業したかった……！）

そんな後悔をかき消すように、筒を出し入れする速度を上げる。

「あぁっ……イクッ……イクッ、おま×こイクッ、あぁぁ、イクぅぅぅっ！」

菜々美の肉体に再び強い力がこもった。背中が反り返り、膣穴からは粘つく汁が勢いよく溢れ出す。

再び膣粘膜を強くこじらせ、スプレー缶を強く抱きしめながら絶頂する。

「ふあぁぁあぁっ………！」

ビクン、ビクン、と何度も襲い来る波状の快感に合わせて肉体を跳ねさせる。膨らみかけの乳房が服の中で揺れるのがわかる。おへその下が痙攣するのも。足首がぴんと攣るのも……。

(女の子の身体……最高……)

菜々美は改めてそう思った。

(もっと……もっと、この身体で……気持ちいいこと、してみたい……)

本物のペニスを挿入すれば、こんな偽物とは比べものにならないくらいの快感が得られるはずだ。

「あぁ……あふっ、あんっ……あぁ……」

その期待と想像で、もはやびちょびちょになってしまった缶に再び手を伸ばす。

(この身体……すごくエッチ……)

菜々美の肉体が特別なのか、女の子みんながそうなのか、それはわからない。

ただ今は、いつまでも溺れていたいと思うほどの快楽だけがある。

（学校が……少し、楽しみかも……）

「んふっ……ふぁ、あぁっ……あはぁん……！」

グヂュグヂュと金属筒をピストンさせながら、菜々美は今後のことに思いを馳せた……。

第二章　処女卒業と女王様の才能

1

（変な気分だな……今さら中学の勉強をやり直すなんて）

菜々美は予定どおり、学校に復帰した。小綺麗な教室の窓からぼうっと空を眺め、順風満帆な学園生活に満足感を噛みしめる。

菜々美が事故に遭い、しばらく意識が戻らぬ状態だったという噂はすっかり広まっていて、教師もクラスメイトも、皆が彼女を気遣ってくれた。

学園内の地理がわからないのも、級友の顔と名前が一致しないことも「事故の後遺症」で片付けられ、誰も菜々美——睦夫に不審を抱くことはない。

菜々美としての日々は順調に積み重なっていく。クラスの生徒の名前くらいは覚えてきたし、授業や成績に至っては、なにせとうの昔に義務教育を終えた睦夫だ。簡単すぎるので、テストでわざと間違った答案を書いたりもした。

「ねぇ、菜々美、お昼ごはんいっしょに食べようよ」

特に菜々美と親しい女子生徒が、昼休みに弁当の包みを掲げて誘いをかけてくる。

「うん、いいよ」

菜々美も笑顔で応じ、母が作ってくれた昼食を取り出す。それを見ていたクラスメイトが数人、菜々美たちをちらちら見ているのが視界に入った。

（人気者……なんだよなぁ）

学校に通ってみてわかったのは、菜々美は交友範囲こそ広くないが、それなりに人気のある女子生徒だということだ。

目を見張るような美少女なのに、中身はさっぱりした少年のように飾り気がない。その付き合いやすさと、あまり八方美人でないというか、友だちグループを大きくしすぎないのが、彼女を憧れの存在に仕立て上げているようだった。

男子生徒はもちろん女子生徒も、菜々美と会話や交流をしたがった。

（ふふ……なんだか、悪い気はしないなぁ）

菜々美は内心微笑みながら、友人と教室を出た。この娘とは、中庭のベンチで昼食をとるのがお約束となっていた。

他愛ないおしゃべりをしながら二人でいつもの場所を目指したが、しかしそこにはすでに人影があった。

背の高い男子生徒が、もう食事は終えたのか、取り澄ました顔で座りながらあたりを見渡している。

「やだ！」

その男を見るなり、友人がさっと菜々美の背中に隠れるようになった。

「遠野《とおの》先輩じゃない」

「遠野……？」

言われて年上らしい男子の姿を見据える。さらっとした前髪をそっと指で払う姿は、よく見るとなかなかの美少年だった。

（……なんだ、恥ずかしいんだ）

友だち――幸恵《ゆきえ》が背後に隠れた理由を察する。さしずめこの男は、女子生徒の憧れの先輩というところか。

遠野と呼ばれた男は、菜々美たちに気づいたようだった。涼《すず》しげな目元を緩ませ、上品な仕草で手を挙げた。

「常磐さん、上村《うえむら》さん、やっぱり来てくれたね」

彼は菜々美たちを探していたようだった。

「友だちから、二人はよくここで昼ご飯を食べてるって聞いたから」

「せ、先輩。どうして……」

いつもは快活な幸恵がたどたどしい。菜々美はそれにおかしみを覚えながらも、己《おのれ》と、目の前の男の関係がよくわからないので棒立ちになってしまう。

緊張していた幸恵も、菜々美のその様子を見て悟ったらしい。

「菜々美、覚えてない？　生徒会長の遠野先輩だよ」

「生徒会長……」

そう言われると、確かに「それっぽい」と感じる。聡明な顔つきと、堂々とした立ち振る舞いは、いかにも生徒の代表というふうだった。

「ごめんなさい……ちょっと、記憶が……」

「ああ、先生から聞いてるよ。大変だったね。もう腕は大丈夫なの」

菜々美が困った顔を作ってみせると、遠野は優しい笑顔と声を返してくる。隣の幸恵は、恥ずかしそうに口元に両手をあてた。

（やっぱり女の子ってのは、こういうイケメンが好きなのかな）

そんな醒めたことも思う。

「退院して復学したって聞いて、挨拶しておきたかったんだ」

「ありがとうございます」

「大きな怪我じゃなくてよかった。我が校の生徒が一人でも欠けることがなくて、本当によかった」

言って遠野は、立派そうに背を反らせた。菜々美も笑顔を作り、彼の社交辞令に応じた。

「お昼の時間を邪魔してごめんね。それじゃあ」

遠野は笑顔でベンチを立つと、スマートにその場を立ち去った。

彼の姿が見えなくなるなり、幸恵がぎゅっと菜々美の腕を摑んだ。

「菜々美っ、よかったねぇ！　先輩がわざわざ顔を見に来てくれるなんて」

「ええっと……うん、心配、してくれたんだよね」

「もう、クールなんだから。遠野先輩が声をかけてくれたんだよ」

幸恵は恥ずかしさと妬《ねた》ましさが混じったような顔で、どっしりベンチに腰かけた。

同じようにして昼食を広げる菜々美に、食事もそこそこに興奮気味にまくし立ててくる。

なんでも彼のフルネームは遠野礼一《れいいち》と言って、菜々美の想像どおり女子生徒の憧れの的らしい。

学園の理事の親戚で、それにあぐらをかくことなく成績優秀、素行もよく、スポーツだってそこそこできる。

なにより同年代の男子生徒にはない品のよさ、垢抜けたスタイリッシュさ。彼にラブレターを渡したり、放課後に告白を試《こころ》みる女の子は絶えないそうだ。

「ふぅん……」

「菜々美って、本当に恋愛に興味ないんだね。不思議」

それは以前からわかっていたことだ。中身が睦夫だからではなく、菜々美はもともと恋愛事へ関心がない。

「でも、そんなにモテるなら彼女がいるんじゃないのかな」

「みんなフラれるんだって。今は勉強に専念したいからって」

「そんなの出任せで、本当は婚約者とかがいたりして」

「ええっ、そうなのかな！」

菜々美がぼそりと言った言葉に、幸恵は露骨にショックを受けた顔をする。

「でも……私、よく思い出せないんだけど……先輩と仲よかったの？　わざわざ挨拶に来てくれるなんて」

「逆に聞きたいよぉ、どうしたら先輩が、自分から会いに来てくれるの？」

（……交友はなかったみたいだけど）

幸恵の反応からそう察してほっとする。メッセージアプリや日記から漏れた人間関係というわけではなさそうだった。

「あぁ、私もちょっと怪我しちゃおうかなぁ。先輩に心配してもらいたいな」

「こら」

「えへへ、ごめんごめん」

菜々美がふざけて拳を振り上げると、幸恵は楽しそうに笑う。

「……もしかして、先輩って、菜々美のことが好きなのかな？」

「そんな、まさか」

「ほら……さっきみたいに、先輩を前にしても……なんだっけ、ギゼン？」

「毅然？」

「そうそう、照れたりしない感じが新鮮なのかな」

（――どうだろう）

菜々美はぼんやり思う。

(あんなイケメンを手玉に取れたら楽しいだろうけど)

そんな絵空事を、ふと真面目に考えそうになる。

(今の私なら、それも……無理ってわけじゃない)

いくら品性方向な生徒会長とはいえ、しょせんは男子中学生だ。

菜々美のような美少女に迫られたら、案外簡単に陥落するかもしれない。

(……そのあとは、どうする?)

あの美少年が、自分にかしずくところを優越感と共に楽しむか。無垢な少女のふりをして、恋愛ごっこに浸《ひた》ってみるか。

(それもいいけど……)

菜々美は、本物の男というのを早く知りたかった。

(菜々美を……この可愛い子を、男が犯すんだ)

遠野が顔に似合わない獣性の持ち主だったら。ケダモノのように犯されて、あっさりと処女を散らされ、恥辱と快楽の沼に溺れて……。

(ああ……ダメ。幸恵がいるの)

ここは学校、今はクラスメイトとの昼食の時間だ。

こっそりスカートの下で女芯を疼かせていることなど、絶対に知られてはいけない。

淫らな夢想はほどほどにしないと、以前公園のトイレでしたようなことを、今度は学校の女子トイレでする羽目《はめ》になってしまう。

（でも、男をいいようにするっていうのは……悪くないな）

この美しい少女の容姿と睦夫の策略があれば、この年ごろの男などよりどりみどりだろう。

（めぼしい男子がいたら……ちょっといただいちゃうくらい、いいよね）

菜々美はひそかに、悪魔的な策略を巡らせた……。

2

「んぅっ……あぁ、はぁ、おま×こイクッ……中でイクゥッ、あっ、あぁ、あぁああぁあぁあぁっ……！」

ベッドの上で、菜々美の身体がビクンと跳ねる。

艶やかな黒髪を振り乱し、清楚な唇から舌を出しながらよがり狂う姿は、元が絶世の美少女だけに、アンバランスな魅力に溢れている。

「あふぅ、はぁっ……あぁ、はぁあぁっ……ん……」

放課後、両親が帰宅する前にオナニーに耽るのが、菜々美の日課になってしまっていた。

予習復習の心配なんか要《い》らない。宿題だって二十分もあれば片付けられる。もともと菜々美は、友だちと毎日遊ぶような子でもない。放課後は空いた時間だ。

（ずっと、こうしてたい……）

そうなればもう、覚えたての少女の身体を使った自慰にのめり込むのは当然だ。

最初はやや違和感のあった膣穴への異物挿入もすっかり慣れて、最初に買った整髪料の缶は、今ではすっかりお気に入りのおもちゃになってしまっていた。

（バイブとか……大人のおもちゃも試してみたいけど、お母さんに見つかったら面倒だし……）

通販で届いたものを開けられてしまったり、うっかり部屋の掃除に入られたときのリスクを考えるとなかなか手が出ない。

「でも……どんな感じなんだろう」

缶よりもずっと馴染む感触、ペニスに近い形のモノが膣穴に入る。それも振動して、女をよがらせる動きをする……。

「んんっ……！」

想像しただけで再びヴァギナが疼いてくる。またオナニーをしたくてたまらなくなってしまった。

「あふ……あぁ、あと、一回だけ……」

言いながら菜々美は、さっきも異物を受け入れたせいでヒクヒクと開いている秘唇に指を寄せた。

「んんっ……ふ、あぁ、あぁあぁ……ん……」

今度はあくまで甘く、手慰みのように優しくいじるだけ。その緩慢な刺激もまた楽しい。

（女の子の身体って、すごく貪欲《どんよく》にできてるんだ……）

いくら絶頂しても、何度快楽を得てもきりがない。何度でも絶頂したいという気持ちが消えない。

（やっぱり……本物が欲しい）

こんな異物や、玩具なんかでは足りない。

クラスには菜々美を憧憬、あるいはよこしまな目で見る男がわんさかいる。それなのに清楚に振る舞わなければならないなんて、おあずけをされている気分だ。

「本物のおち×ぽで……気持ちよくなりたい……あぁ、おま×こずぽずぽされる気持ちよさ、知りたいよぉっ……！」

グチュグチュと音を立て、二本の指で膣穴をかき回していく。軽くいじるだけのつもりが、いつの間にかすっかり没頭している。

「あふっ、あっ、あぁイクッ、またイクッ……んくぅぅぅっ！」

学園の制服を着たままの身体が再び痙攣する。仰向けの身体が仰け反って、セーラー服に包まれた膨らみかけの乳房やスキニーなお腹が震え上がった。

ベッドシーツに淫らな汁染みがついていく。菜々美の肉体は、いじればいじるほど感度が高くなった。汁気も日に日に増している気配があった。

「はぁ……あぁ、気持ち……よかったぁ……」

恍惚と口にして、菜々美はこれからのことに思いを馳せる。

(やっぱり、オナニーだけじゃ我慢できない……)

贄《にえ》に、自分の言いなりにできそうな男などいくらでもいるのだ。それをひとつくらいつまみ食いするのは悪いことじゃない。

(だって……こんな美少女とエッチなことできるなんて、男子もラッキーだよね？)

そう思うと、淫らな予感にまた菜々美の身体が震えた。

「あぁ……ダメ、きりがない……」

そう思いながらもちらりと時計を確認して、まだ母親の帰宅まで余裕があると悟ると、再び秘唇に手を伸ばす……。


数日後の放課後、ついに菜々美は行動を起こした。

（あぁ……これから、こんな男に……）

何日か観察して、人が来ないことを確認した空き教室で男子と二人きり。

目の前の男の容姿やきょどきょどした様子に、菜々美は被虐と嗜虐と、愉悦の予感に背筋をぞくりとさせた。

「と、常磐さん、よ、用って……用って、なに」

今菜々美の目の前にいるのは、田村翔太《たむらしょうた》という名前の男子生徒だ。

菜々美と同年代で隣のクラス。成績は中の下、運動は下の下。なによりも冴えないその見た目のせいで、同級生からは見向きもされない……どころか、女子生徒からは嫌悪されている気配もあった。

彼に狙いを定めたのは、「田村が菜々美のことを好きらしい」という噂が、頻繁に耳に入ってきていたからだ。

小太りで肌荒れしてて、あんな男子に好かれるなんて菜々美も可哀想だね……。

そんな心ない言葉も同時に聞いた。

（ふふっ……実験台としては最適だよ、田村くん）

しかし今の菜々美はそんな彼を見ても嫌悪などしない。多感な女子中学生とは違って、容姿のすぐれない男など見慣れているのだ。

それどころか歪んだ興奮を抱いてしまっている。

（菜々美みたいな美少女が……これからこんな男に犯されるんだから……）

どこにでもいそうな平凡な男子生徒と、恋愛の末にではない。いっときの性欲に任せて、こんな劣った男に処女を捧げるのだ。

そう思うとどうしようもなく興奮した。菜々美の中でさまざまな感情がぐちゃぐちゃになってマーブル模様を描き、最後には性的な高揚へと変化していく。

「田村くん……私ね、ちょっと気になる噂を聞いたの」

菜々美は両手を背中で組んで、わざと胸を強調するように上体を反らせた。

「う……」

そんな菜々美を見て、田村が固唾《かたず》を呑み込んだのがわかる。ニヤリと笑ってしまいたいのを、どうにかこらえた。

「田村くんが、私のことを好きだって……」

今度は逆にうつむいて、少し間を開けて上目遣いで田村を見上げる。背だけは高い彼の顔を下から眺めると、顔は真っ赤で、目を白黒させている。

（ふふっ……男って、こういうのに弱いよねぇ）

女性からしたらあざとすぎる、わざとらしいと思われるようなしぐさ。それが男にはてきめんに効くというのを、今の菜々美はしっかりわかっている。

女子生徒との交流がなさそうな田村ともなれば、いちころだ。

「お、俺は……別に、常磐さんのことは……」

「好きじゃないの？」

不安そうに眉を寄せてみる。田村が息を呑んだ。どう返せばいいか、中学生の頭で必死に探している。

「私のこと……好きじゃないの」

「ううッ、そんなことないッ」

そしてあっさりと陥落してしまう。田村は野太い声で叫ぶと、汗だくの手で菜々美の細い肩を摑んだ。

「と、常磐さんっ。俺はずっと常磐さんのことが、す、す、好きだったんだッ」

菜々美は、すぐには反応しなかった。

ただ驚いた顔をして、わずかに間をおいて顔を伏せて黙り込む。

「う……ぅ」

その沈黙で田村がいたぶられているのがわかる。それがたまらなく楽しかった。

(男の子をもてあそぶのって……面白いんだ)

この美少女の身体と中身なら、今まで知らなかった楽しみをいくらだって得られる。

その愉悦に身を委ねそうになりながら、しかし菜々美は気持ちを引き締める。

(だめだめ。これからが本番なんだから)

恋愛ごっこがしたいのではない。今も狂おしいほどに疼く肉欲を、この目の前の男で満たすのが目的なのだ。

「田村くん……あのね」

菜々美がようやく顔を上げると、田村は顔もぐっしょりと汗にまみれていた。

「私も……田村くんのことが、好き」

そう告げた瞬間の彼の表情を見たとき、菜々美は愉快で転げ回りたくなった。

瞳はキラキラと輝き、さっきまでの緊張が嘘のように喜色ばみ、菜々美の肩を摑《つか》んだままの腕はブルブルと痙攣している。

「う、う、嘘だろ？」

「嘘じゃないよ。菜々美、田村くんが好き」

甘えるように自分の名前を口にすると、田村はその甘美さに打ち据えられたようだった。ひときわ大きくブルッと震えて、菜々美のことを見据えた。

「田村く……あっ、あふっ」

しかし次の行動はさすがの菜々美も予想外だった。田村は一気に菜々美を抱き寄せると、ぼってりと分厚い唇を、美少女のつんと可憐に尖ったそこに思いきりぶつけてきた。

（あぁあっ……菜々美のファーストキス……！）

甘酸っぱい気配のするものが、今こんなに性急に、醜男《ぶおとこ》によって奪われたのだ。

「んむっ……んんっ、んぅ……」

「ふぅーっ、ふぅ、ふぅ……！」

太った男独特の荒い呼吸がまぶされる。しかし菜々美は嫌悪を抱くどころか、その不器用な口づけにのめり込んだ。

（こんな男に……あぁ、キスされちゃって……私、かわいそうで可愛い）

田村がそれを望んでいるとわかったので、薄く唇を開いた。彼はすぐさま、菜々美の口腔に舌をねじ込んできた。ディープキスを試みている。

「んふ……ふぅ、うぅ……ん、たむら、くん……」

うっとりと名前を口にしたのは、なにも田村を煽るためだけではない。菜々美は舌と唇から入り込んでくる官能に打ちのめされた。

(キスだけで、こんなに気持ちいいなんて……女の子ってやっぱり……すごく淫乱にできてるんだ)

ねっとりとした粘膜が触れ合う快感はたまらなかった。田村は不器用にべちょべちょと口を舐め回し、唾液を送り込んでくるが、菜々美はためらいもなくそれを飲み込んだ。

(ああっ……唾、唾おいしい……)

男の唾なんておぞましいもののはずなのに、まるで甘露が喉を通過するようだった。男にがっつかれ、求められる汚辱的な悦びと、単純な粘膜への快感で、秘唇はすっかり湿ってしまっている。

(あっ……おち×ちん、勃起してる)

制服越しの菜々美のへそあたりを、田村の勃起が押していた。ズボンを穿いていてもくっきりわかるほどに隆起したそこに、菜々美の全身がドクンと脈打った。

（これ……入れられちゃうの……！）

そう思うともうたまらなかった。受け身だった菜々美は田村の背中に手を回し、自分から彼の口腔に舌をねじ込んだ。

「んふっ、ふっ、と、常磐さんっ」

「菜々美って呼んで……んうっ」

吐息混じりにそう告げると、田村は何度も頷《うなず》いた。

舌が少し動くたび、彼のペニスはさらに血を集めた。男の身体の愚直さは、今の菜々美にとってはもはや愛おしいくらいだった。

「な、菜々美……」

やがてお互い首まで唾液で濡らしながらキスを終えると、田村は当然のように自分のズボンのベルトに手をかけた。

「――待って」

その愚かな姿を見て、菜々美の中で悪魔的な誘惑が膨れ上がった。

（今、ここで処女を捨てるのは簡単だけど……でも）

自分だってそうしたいと思っているし、我慢は限界だ。

（このまま焦らして……こいつがおかしくなるところも、ちょっと見たい）

己の男へ対するコントロールが、どれだけ効くのか試したいという思惑もあった。

「初めては……今はダメ」

菜々美が告げると、田村は雷に打たれたような顔になった。ショックすぎて二の句も告げないようで、唇をぱくぱくさせながら汗を垂らしている。

（ふふっ……）

その様子を見て邪悪な愉悦がこみ上げてくる。男というのはどこまで単純なのだろう。この美少女はどこまで魔性の存在なのだろう……。

「でもぉ……こんなになってるのを放っておいたら、かわいそうだよね？」

「あッ……な、菜々美」

菜々美は右手で、そっと田村の勃起を撫でた。その動きに従うように、彼は言われてもいないのにぴんと背筋を伸ばした。両手も行儀よく身体の横だ。

「最後まではダメだけど……ねぇ、菜々美の言うとおりにできる？」

「い、言うとおり……」

「いい子にできる？」

「いい子……あっ、あっ」

ズボン越しに強めにペニスを握ると、田村は切なそうに喘いだ。小太りで二重になった顎を細かく上下させて、菜々美の言葉に頷いている。

「す、する。いい子にするっ」

「じゃあ……ちょっとだけ、エッチなことしてあげる」

目の前の男の全身が、ドクンと跳ねるのを心地よく感じる。菜々美は妖艶な身動きを意識しながら、静かに近くの椅子を引いた。

そこに座るように視線と指で合図すると、田村は面白いくらい言いなりになった。

大きな尻をどすんと椅子に乗せ、期待と不安の混じった顔で菜々美を見つめる。

そんな愚直な男を翻弄するように、ゆっくりとした動作で彼の脚の間にしゃがみ込む。

「ん……すごく大きくなってるね……」

声が興奮のあまり震えてしまう。あれだけ焦がれた、本物の男のペニスがここにある。

この肉の杭で、今すぐこの美少女の処女膣を蹂躙《じゅうりん》させることもできるのに、あえて遠回りをしているというのがたまらなかった。

「田村くん……おち×ちん、いつもは自分でいじってるの?」

菜々美の言葉に、男子生徒が緊張したのがわかった。可憐な少女の口から、あっさりとした様子で卑語が出たことに驚いている。

だが、すぐにそれは高揚へ変化したようだった。もはやズボンが裂けそうなくらいに大きくなったペニスが、さらに脈打った。

「菜々美のこと想像して、おち×ちんしこしこしてるの？」

「あっ、あうう」

田村は羞恥と興奮で言葉を詰まらせている。

「言わないと、やめちゃうんだから」

「しっ……し、してる」

しかし畳みかけるとすぐさま白状した。美少女になった己をより意識して、菜々美は愉悦を覚える。

「菜々美のこと考えて、おっ、オナニーしてた！」

「ふふっ！」

赤裸々な告白に思わず笑いがこぼれてしまう。しかし田村の目には、その笑いは妖艶な誘いに見えたようだ。

「いい子だね、今日は田村くんじゃなくって、菜々美の手でしごいてあげるから」

言いながらどうしようもなく興奮する。この細くて白い指で今から、醜男の肉茎をしごくのだ。

田村は菜々美の言葉を理解すると、またズボンのベルトに手をやった。かちゃかちゃと金具を外すと、すぐにズボンを下着ごとずり下げる。

「きゃあっ」

勢いよくまろび出たペニスに、菜々美の口から演技ではない驚嘆の声が漏れた。

（……すごい……おち×ちんって……間近で見るとこんな……）

田村のペニスは、本人の容姿を反映させたように野太かった。赤黒く照り輝いて、中学生のものにしては立派すぎるほどだ。

それを目《ま》の当たりにして、菜々美はごくりと唾を飲んだ。顔につきそうなほどの距離でペニスを眺めたことなど生まれて始めてだ。

（これを、今から菜々美がしごくの……）

驚きは次第にとろけ、淫らな気分へと変化していく。ペニスからわずかに漂うアンモニア臭や、ピクピクとした動きを感じ取っているだけで、スカートの奥で秘唇がうごめき、クリトリスが痛いほど尖った。

「ああ、な、菜々美、早く……」

「うん……握ってあげるからね」

「ああッ」

ついに菜々美の手が、生まれて初めて男根を握った。汗とカウパーで湿った亀頭を、柔らかな手のひらがきゅっと包んだ。

「うくぅっ」

「あっ……！」

しかし、次の瞬間に起きたことは予想以上だった。

「ああっ、出てる……！　おち×ちんから、精液……」

ペニスが激しく脈動し、鈴口から勢いよく白濁が迸《ほとばし》った。軽く握られただけで、田村は射精してしまったのだ。精液は菜々美の眉間にびちゃりと飛び散った。

（熱いっ……あぁ、菜々美の顔に……白いの、かかっちゃってるぅっ）

そう実感した途端、触れてもいないのに菜々美の女芯がギュウッと縮こまり、気持ちのいい痙攣が起きた。

「あふっ……あぁんっ……あぁ、あぁっ」

官能の吐息がこぼれる。菜々美は今、まぎれもなく絶頂を迎えてしまった。

「あはぁっ……はぁ、あぁあぁ……イッちゃった……」

「え……」

白濁を浴びた美少女の言葉に田村が目を剝く。

「田村くんに精液かけられて……イッちゃったぁ」

「う、うぅっ、うおぉっ」

目の前の男のペニスが再び脈動した。射精後の硬直を終えても萎えず、それどころかさらに硬さを増したようにも見える。

田村が立ち上がって菜々美に摑みかかろうとする。菜々美は絶頂の余韻を甘く引きずりながらも、手のひらをすっと彼の前に突き出した。

「ダメ」

「あっ……」

今の菜々美の挙動は、ひとつひとつが妖婦のそれだ。田村は主人に言いつけられた犬のように、再び腰を椅子に落とした。

「今日は手と……うーん、お口くらいは、してあげてもいいかな」

「口！」

菜々美の言葉に田村はいちいち歓喜する。その様子に笑いと興奮をかき立てられながら、菜々美は勃起をたたえたままのペニスの幹を優しく握った。

「あ……ああっ」

「今度は、すぐ出しちゃダメだからね」

「う、うん……」

頷きながら田村は唇を噛んだ。

（ああ……菜々美の手、気持ちいいね？）

菜々美はたまらない愉悦の中で、ごく小さく手指を上下させる。それだけで十分すぎる反応が返ってくる。

「田村くん……気持ちいい？」

「ううッ、気持ちいいっ」

「こんなの、しこしこじゃない。ちこちこってくらいしか動かしてないのに。気持ちいいんだ」

「いい、いいから、菜々美、早く口で……も、もう出そうだぁっ」

「ダメ。我慢」

言って、ペニスからぱっと手を離してしまう。

田村が絶望したような顔になる。しかし逆らうことも、菜々美に恨み言を吐くこともせず、ただ彼女が続きをしてくれるのを渇望した瞳で見つめてくる。

（くすっ。男の子って可愛いなぁ。こんなに弱いんだ……）

少女の身体を手に入れた今は、それがよくわかる。

「我慢だからね？　出しちゃったら、今日はもうおしまい」

「あぁっ」

再び肉茎を握ると、歓喜のため息があがる。また手をかすかに動かし、そして男子生徒の身体が限界に近付くとそっと解放する。

「ううぅ……菜々美、お願い、菜々美……」

田村は今や泣きそうになっていた。中学生とはいえ男子生徒が、同年代の少女にここまで陥落させられてしまう。

（このままおかしくしてあげてもいいけど……）

「よく頑張りました……んっ」

それはゆくゆくの楽しみにとっておこうと決心する。

菜々美は思いきって田村のペニスに口をつけた。天使のような唇から突き出された舌が、汗だくの亀頭をペロリと舐め上げる。

「ああっ、ああっ」

（んううぅっ……おち×ちん……こんな味なんだ）

少年がみっともなく喘ぐのを聞きながら、菜々美も激しい官能に襲われていた。

味蕾から転がり込んでくるペニスの味わいと、ついに肉茎を咥えてしまったという興奮で、また触れずに絶頂してしまいそうだった。

「んむっ……お口に出してもいいよ、ご褒美だから」

「ああ……あぁあっ」

言いながら菜々美は、ちろちろと舌を動かした。

フェラチオなんて初めてだが、アダルトビデオで何度も見た。それに男がどうされれば気持ちいいかはなんとなく察しがつく。

敏感な亀頭を舌のざらつきで何度も撫でつけながら、添えた手の上下運動も加える。

「ううっ、菜々美、い、イク、出るっ」

「ふふ……らひへ、田村くん……」

舌っ足らずに菜々美が言うのと同時に、田村の身体が腰を突き出したかたちで硬直する。青臭い白濁が口腔に溢れ、喉までべとべとに汚していく。男子中学生の射精は猛々しかった。

(んんっ！　今度は口に……お口に出てる……菜々美のお口、精液で汚されちゃった……あぁ……イクッ……あぁあぁっ！)

膣口が切なくひくつき、また下腹部の底を痺れさせる震えが走る。いつもはオナニーで得ていた絶頂を、今日は愛撫をしてもいないのに二度も迎えてしまった。

(すごい……男とするのって……女の子の身体って、すごい……)

この肉体の感じやすさと、生身の男で得る快感の強さに改めて驚く。

(これ……最後までしちゃったらどうなるの……)

考えるだけで三度目の絶頂を迎えそうだった。

「はぁ、あぁ……な、菜々美……」

「……んくっ」

田村の期待の視線に応えるように、菜々美は喉を鳴らして白濁を飲み込んだ。

(あぁ……苦いのに……すごく美味しい)

唾を飲んだときよりも、ずっと強い汚辱感と興奮が襲い来る。この美少女の身体で男の体液を受け止めるのは、最高の悦びだった。

「ふふ……はぁ、全部飲んじゃった」

「あぁ！」

精液を飲み干し、菜々美がぱかっと口を開く。田村の瞳は感激に見開かれた。

「これからも……いーっぱいエッチなことしようね、田村くん……」

「う……う、うぅ……」

「でも……菜々美とのこと、周りに言っちゃだめだよ？　恥ずかしいもん」

「わ……わ、わかった」

菜々美は汗だくの二重顎を、猫にするように指で撫でてやった。

それだけで田村はもう、彼女に逆らう気などいっさいなくしてしまったようだった。

3

菜々美と田村の逢瀬の日々が始まった。

放課後に空き教室でふたり落ち合うと、決まって淫らな行為に耽った。

「菜々美……菜々美、もう一回パンツを見せて」

「だぁめ、さっきので十分でしょ」

主導権はいつも菜々美にある。今日は田村に自分でペニスをしごくように言いつけ、菜々美は彼の前に立ってセーラー服のスカートをまくり、下着を見せたり見せなかったりする。

「ねぇ……菜々美の下着、よく見た？」

田村は菜々美の小悪魔な仕草に焦れったさを感じている様子だったが、決して逆らわない。無理に彼女の要求以外のことをして、嫌われるのが怖いのだ。

（もう、田村くん……可愛いんだから）

恰幅《かっぷく》のいい男子中学生の性欲を、恋慕と服従心が上回るのだからすごい。菜々美という美少女の秘めた魔性は計り知れなかった。

「菜々美ね、田村くんに見られて、おち×ちんしこしこのオカズにされて……おま×こ、濡らしちゃってるんだよ？」

菜々美の言葉に田村が唾を飲む。同時にペニスを握る右手が加速した。

「パンツがぐっしょりで……よぉく見れば、濡れて透けたおま×こがわかるかも」

「ああっ……菜々美、頼むよ、見せて！　スカートまくって」

「うん。いいよ」

同じ懇願を却下したり承諾したりする。気ままに振る舞うのは菜々美の楽しみだった。

スカートの裾を摑み、発した言葉どおりに濡れた下着を見せつける。

（んっ……すうすうする。本当におま×こが透けて見えるかも）

愛液で湿ったショーツのクロッチが、ぺったりと秘唇に貼りついているのがわかる。

菜々美の可憐な粘膜の形や色がわかるかもしれない。

「あ……あっ……オマ×コ……」

田村の食い入るような視線は、それだけで菜々美に快感を与えた。腰の奥からこみ上げてくる甘美さに身を震わせ、クリトリスをきゅっと硬くする。

まだ田村には、生身の下半身を見せたことがなかった。焦らすこと自体が、早く処女を卒業してペニスの快感を知りたいという欲望を自分で遠ざけることが、菜々美に倒錯した愉悦を与えていた。

(でも……そろそろいいかも)

田村の我慢も限界なように見える。これ以上おあずけをすると暴走されるかもしれない。あくまで菜々美は、自分がイニシアチブを握った状態で男を知りたかった。

(めちゃくちゃにされるのは、まだまだ先……)

まずは理性のある状態で男を知り、それから田村をさまざまな方向に誘導して楽しむつもりでいた。

「ん……田村くん、そろそろ出ちゃいそう?」

「まだ、もう少し……ああっ」

肉茎をしごきつづける彼の前で、スカートを下ろしてしまう。その無情さに田村は打ちひしがれた顔をしたが、続けて菜々美が座った彼の座高に合わせるようにしゃがみ込むと息を呑む。

「今日は……最後までしちゃおっか」

「えっ……あっ、うっ……！」

「きゃあっ」

耳元で囁かれ、言葉の意味を理解した瞬間に少年は射精した。期待と菜々美への欲情が、興奮を頂点まで押し上げたのだ。

白濁が制服を脱いだ彼の股間と、教室の椅子を汚した。

「あぁ……もう、出しちゃダメじゃない」

「ううッ、でも、ま、まだ、まだ硬いからっ」

顔を真っ赤にして、田村は萎え知らずのペニスを握ってみせる。

（本当に絶倫なんだよね。田村くん……）

多いときは三度出しても萎えない。育ち盛りの少年の精力は底なしだ。

（そんなおち×ぽに、私……これから犯されちゃうの）

この美しい少女の処女が、今から散る。考えただけで絶頂の痙攣が起きそうだった。

「最後……最後まで、セックス、したいっ」

汗だくの巨体を持ち上げ、田村が菜々美の細い肩を摑んだ。

（こんな必死で菜々美を求めてる……可愛い……）

いとおしさは、男へ向けられたものか。これから処女を喪失する己へか。

「……田村くんとだったら、いいよ」

「ああッ」

菜々美が上目遣いで言うと、田村は初めてそうした日のように彼女の唇を獰猛《どうもう》に奪った。遠慮のない舌が少女の口腔を蹂躙《じゅうりん》し、唾液をぐいぐいと送り込んでくる。

「んくッ……んくっ」

そして菜々美は、それを無抵抗に飲み干していく。この美少女の身体を男の体液で汚されるのは悦びだ。

ようやく唇を離すと、菜々美はうっとりした顔で告げる。

「でも、私、初めてだから……優しくしてね」

「う、うん。優しくするっ」

「できれば、菜々美の言うとおりに……焦らないで、ゆっくり。ね？」

「言うとおりにする、なんでもする！」

田村の顔はもはや尋常ではなかった。興奮が彼をおかしくしている。

（あぁ……ついに処女……このおま×こに、おち×ぽが入るんだ……）

菜々美は恍惚に浸《ひた》りながら、ゆっくりとした動作で脚からショーツを引き抜いた。濡れた布地が皮膚に張りついて動きがつたなくなり、それが田村を焦らすようになるのも楽しかった。

「生おま×こ、見たい？」

問いかけに田村は何度も頷く。

「じゃあ、しゃがんで？　下から菜々美のスカートの中、覗き込むの」

「うんッ」

田村は頷くとすぐに言われたようにした。そして菜々美の秘唇を目にした瞬間、息を詰まらせて全身を硬直させた。

「す、すごい……これが本物の……な、生マ×コ……」

「んふ……初めてだよね、見るの」

再び田村が頷く。彼が凄まじい顔つきになっているのをたまらない優越感と共に眺めながら、菜々美は次にどう命じようかうきうきと考える。

「それじゃあ……きゃあっ！」

しかし、その余裕は続かなかった。ついに痺れを切らした田村が、菜々美の腰を摑んで下から秘唇に顔を突っ込んだ。

「た、田村くん、こら、めっ……あぁっ！」

彼の身体に押され、菜々美は立ったままあとずさって壁際に追いやられた。体勢が安定したのをいいことに、田村はさらに調子に乗って、クレヴァスをざらつく舌でべろりと舐めあげた。

「あふぅんっ……ああっ、ああぁ……！」

その瞬間走り抜けた快感に、菜々美は腰が抜けそうになった。

（す……すご、舌って、こんなに……！）

「んふーッ……ふっ、ふぅぅっ」

「だ、だめ、舐めちゃ……あぁんっ、あっ、あぁ……いやぁあんっ」

荒い鼻息をまき散らしながら、田村の愛撫は続く。無遠慮な舌が何度も割れ目をなぞり、勢いづいて秘唇を割り開く。

（いやぁっ……おま×こ、舌でくぱってされちゃってる……！）

思考が快楽に追いつけない。襲い来る衝撃に何度も打ちのめされ、菜々美は田村のなすがままになってしまう。

「ふぅッ、こ、これ……クリ……」

「あぁっ！　いやッ、だめ、そこはだめっ……んあああぁあっ！」

田村の舌が、ついに痛いほど膨れたクリトリスを探り当ててしまった。菜々美の性感帯が、理性を失った男の粘膜に捉えられる。

「あひっ、いやぁっ、あんっ、あっ、あんっ」

菜々美も理性を失っていく。クリトリスへの刺激は何度も経験したが、舌で舐められるのは指とはまったく違った気持ちよさだ。

「菜々美、菜々美、んふッ、ふ、んむーっ」

「ひぃっ！　いやぁっ、吸っちゃ、あぁっ……あっ……」

もうダメ、と思ったときには遅かった。田村の口唇が肉芽を挟み込み、強く吸い上げた瞬間に菜々美は絶頂に達した。

「あぁあぁっ……あぁっ、あぁぁあぁあぁ……！」

壁に預けた背中を激しく震わせ、膣穴からドロリとした粘蜜を溢れさせながら、醜男の口愛撫で果ててしまったのだ。

「うおおっ……菜々美、イッた……イッたよな！」

そして女性経験のない田村でも、それはわかったようだった。少女が細い身体を震わせるのを見て、感激と興奮で彼までブルリとした。

「い……イッちゃった……」

「ああ……！」

力なく呟《つぶや》かれた一言がとどめとなった。田村はくたくたの菜々美を床に押し倒すと、そのままぐしょ濡れの膣口に反り返ったペニスを押し当てた。

「ま、待って、ダメ、今は……」

「もう我慢できないっ……入れる、マ×コに……！」

「あ……あっ、あああぁぁあぁあぁぁあっ」

整髪料の缶を入れたときよりもずっと大きな衝撃が菜々美を襲った。

(あぁっ……おち×ぽ、入ってきてるぅっ……熱い、太い、お、大きいぃぃいっ)

さんざん一人遊びで慣らしたのもあってか、痛みらしい痛みはほとんどなかった。

むしろ熱いペニスが膣壁の感じるところを一気に擦り上げた快感で、菜々美の理性は飛びそうになった。

「す、すごいぃ……田村くんのおち×ちん……本当に入って……んくぅっ、い、イクッ、イク、イクぅぅううぅうっ！」

ついに菜々美は、生身の男で処女を散らした。

その実感がすぐに脳に飽和し、子宮がギュウッッと疼いた。激しい興奮が菜々美を打ち据え、処女卒業の事実だけで彼女を絶頂に追いやった。

「うくおぉっ……ま、マ×コがうねって……うぁあぁっ、菜々美、またイッたんだ……！」

「あふ、い、イッ……た、から、田村……く、あぁあぁっ」

その甘い余韻に浸っている間もなかった。

激しく高揚した田村が、ついに腰を使いはじめる。ただ押し込んでからぐっと引くだけの単純な前後運動だが、それだけで菜々美はとろけそうになった。

（お、おち×ぽが……菜々美のおま×こえぐってるぅっ！　菜々美、こんな男の子に処女、奪われて……あぁ、ピストンされちゃってるっ！）

美少女の身体に自ら入って凌辱される混濁の快感。単純に膣壁の感じるところを擦られる気持ちよさ。菜々美は童貞のつたない腰遣いで、すでに再び絶頂しそうになっていた。

「あふぅ、田村くん、田村くんっ」

彼の太い腰に脚を絡め、両腕を首に回す。田村は顔を感激に歪ませ、前後の動きをさらに激しくしていった。

ずぢゅっ……ぐぢゅっ……ぬぢゅっ……と、空き教室に激しい汁音が鳴り響く。少年少女の若い肌がぶつかり合う生々しい振動もだ。

（すごい音ぉ……おま×こ、かき回されて……いやらしい音しちゃってる）

その音も菜々美を高揚させていく。

「あぁ、菜々美、気持ちいいっ……菜々美のマ×コ、最高だぁっ」

抱き寄せられ、田村はさらに律動を加速させた。

「あはぁあっ……あぁんっ、菜々美も気持ちいいっ！　田村くんのおち×ちん、最高だよぉっ」

快楽だけでなく、媚びるような色を帯びた声が菜々美の喉から溢れる。

（あぁっ！）

それと同時に、彼女の中でさらなる悦びがうねった。

男を誘うことを口にする。目の前の暴漢に媚びる。そんな行為をすることで女として振る舞う己を自覚し、興奮が強くなるのだ。

（もっと……もっと、女の子の悦びを知り尽くさなきゃ）

ペニスに突かれて圧倒されていた心が、にわかに理性を取り戻す。

「あふぅんっ……あんっ、あっ、田村くぅん……はぁ、待ってぇ、菜々美、またイッちゃいそうだからぁ」

「ううッ……！」

菜々美の言葉を聞いて田村が歓喜を露《あらわ》にする。

「菜々美ばっかりイッてるんじゃやだよぉ。もっとゆっくり……ゆっくり動いて、いっしょに少しずつ、気持ちよくなろ？」

「あ、ああ……ああっ」

彼女の誘導に、田村も僅《わず》かに理性を働かせた。獣のように押し引きを繰り返していた下半身が、名残《なごり》惜しそうではあるが止んだ。

「そう……んっ、ゆっくり、ゆっくり……」

「ゆっくり……あぁっ」

「あはぁあんっ！」

言われるとおりにスローなピストンが始まったとたん、二人同時に声をあげてしまった。粘膜をゆっくりこじ開けていく、じったりした快感に襲われたのだ。

（ゆ、ゆっくりでも気持ちいいの……おま×この中、全部擦られて……）

「や、やばい……マ×コ、ゆっくりでもやばいよ。俺もすぐにイキそうだぁっ」

「あぁっ……んふ、菜々美も……あぁ、ちょっとずつ……」

二人で頷き合い、動きを再開する。

「んぁ……あぁ……あんっ、あんっ……そこぉ……」

「こ、ここ……？」

「あふぅっ！　そこ……気持ちいいの……先っぽでグリグリってしてぇ……！」

オナニーで何度も開発した、膣穴の天井あたりにあるGスポット。そこを竿肌が擦り上げるのは至高の気持ちよさだった。

「わ、わかった……ここだね……！」

「あぁんっ……あはぁあんっ！　当たるぅっ」

田村は菜々美に従って、少しずつ動き方を学習していっていた。腰の角度を調節し、菜々美の肉壁の上のほうに亀頭を当てていく。

（や、やっぱり……指なんかとは比べられないっ……おち×ちんで突かれるのって、こんなにいいんだぁっ）

ぷっくりした先端で一気にGスポットのざらつきを刺激されるのはたまらない。もうすでに、二度目の絶頂が見えていた。

「イクッ……田村くんのおち×ちんでイクッ、またイクぅぅうっ！」

「俺もイクッ……出る、あぁ、マ×コに出すぅっ！」

「あぁっ、あひぃ、いぃイクッ、イクッ！　ふあぁあぁあぁあっ！」

田村が言いつけを破り、激しく腰を突き込んだのがとどめだった。

二人の身体は同時に痙攣し、頭からつま先までぴぃんと張りつめた。

（あぁっ……おち×ぽでの中イキっ……すごいぃっ！　イキながらまたイッちゃうぅっ……イク、イク、あぁぁあぁあぁっ！）

震える蜜肉に熱精をぶちまけられるのは凄まじかった。絶頂のさかなに再び絶頂し、菜々美のヴァギナは白濁を吐き出すペニスを喰い締める。

「うくぁっ！　あぁ、また出る、まだ、あぁっ」

「あぁああっ！　だめっ、らめぇっ、そんなに出したら……あぁぁあぁっ！」

田村の肉茎がまた激しく脈動したのに反応し、美少女の身体はさらに深い絶頂を迎える。身体が快楽で高いところに押し上げられて、そこから下ろしてもらえない気分だった。

「あひ……あひ、ひぃぃ……ん……」

「うっ……ふ、くはぁ……」

菜々美が痙攣し、それに合わせて田村も射精するのを何度繰り返したか。

ようやくおさまってくるころ、菜々美はうっとりしながらも、まだ差し込まれたままの田村のペニスの根元に指で触れた。

「ねぇ……田村くぅん……」

そして白濁と蜜液で湿った肉竿を、いとおしむように撫で回す。

「菜々美……すっごく気持ちよかったぁ」

「あぁ……！」

単純な褒め言葉に、少年の瞳と身体が再び色めき立つ。

「まだ……まだ、できるよね？」

「うッ、で、できるッ」

そして誘いに乗り、再び腰を押し込もうとする。

「待って、今度こそ……菜々美が合図してあげるから……そのとおりに動いて、ね」

「わ、わかった……！」

（この身体なら……）

激しい快感に溺れきりながらも、怜悧な思考が差し込まれてくる。

（この身体があれば、男なんていくらでも好きにできる）

そんな確信があった。

（田村くんはその足がかり……この身体が男に慣れるまでの練習台にさせてもらうんだから……）

訓練しながら、自分も気持ちよくなることができる。最高の娯楽だった。

「ほぉら、いっち、にっ、にっ……」

「い……っち、にっ……」

「あぁんっ！　あはっ、上手《じょうず》ぅ……んふぅッ……」

田村は菜々美の指示どおり、ゆっくりと腰を振りだした。

（あぁ……やっぱり、おち×ちんで擦られるの気持ちいい……）

一度狂おしい絶頂が去り、ペニスが馴染んできた膣穴への快感は、じわじわと染み込んでくるようだった。

気持ちいいことに変わりはないが、さっきのように溺れることはない。

「いち、に……んんッ、いち、にぃ……」

「あっ、はぁ、はぁ、はぁ……」

目の前の玩具と化した男を使って、女体快楽を自分のものにしていく。

「あふぅ、あぁん、イクッ……イクゥ、ちょっとずつイクゥッ……」

「あぁ、俺も……俺も、あぁっ……あぁっ！」

「んあぁあぁっ……あっ、あはぁあぁあぁあぁっ……！」

さっきとは異なる、腹の奥底からこみ上げるような絶頂。そこに田村の白濁が注がれ、さらに快感が増して全身に伝播《でんぱ》していく。

「あぁ……田村くん……もっと、もっと」

「もっと……あぁ……！」

求めれば求めただけ、この少年は応えてくれる。

初めて得る女性の身体と、菜々美の蠱惑《こわく》的な魅力に逆らえないのだ。

第三章　従順なターゲット

1

「菜々美、心変わり？」

いつもどおりの昼食の時間に、幸恵が問いかけてくる。

「前はあんなに、恋愛には興味ないとか言ってたのに。最近男子とよく話したりしてるよね」

「うん。でも……恋愛って感じじゃないよ」

菜々美は母の作ってくれた弁当を品よく口に運びながら、笑顔で答える。

幸恵の言うとおり、以前に比べて男子生徒と会話する機会が増えていた。菜々美のほうから、意識して接触を図っている。

「最近出たゲームにはまってて。男の子たちが詳しいから、情報交換してるって感じかな」

「本当にぃ？　好きな人とか、できたんじゃないの。誰？」

「いないよ、そんなの」

今までと同じようにさらりと答えると、幸恵はひとまず納得したようだった。

（本当は……もっとすごいことをしてるんだけど）

親の帰りが遅いのをいいことに、放課後はほぼ毎日田村とのセックスを楽しんでいる。

田村は言いつけどおり、菜々美との関係を口外はしていない。当然幸恵も知らないでいる。

（ふふ……幸恵、目の前の女の子は……とんでもない淫乱なんだよ？）

無垢な友人の前でそんなことを考えるのはぞくぞくする。

「ねぇ、西浦《にしうら》くん、この間のことなんだけど」

あくる日の休み時間、菜々美に話しかけられたことで少年の表情は華やいだ。

西浦はクラスメイトの、これといって特徴のない男子生徒だ。普通の成績で、ゲームや漫画が好きなどこにでもいる中学生。

彼が自分のことをちょっとした憧憬の視線で見ていたことに、菜々美は気づいていた。だからこうして接近しているのだ。

「教えてもらった漫画、半分くらい読んだよ。すごく面白かった」

「あ——ああ、もう半分も読んでくれたんだ」

「うん！　楽しくって、来月のお小遣いで続きを買おうかなって」

にっこり笑顔を作ると、西浦の頬が赤くなる。その愚直な反応が楽しくて、菜々美はくすくすと笑いそうになってしまう。

「お小遣いなんて使わなくても……言ってくれれば貸すのに」

「いいの？」

「だって、教えたのは俺だし……」

照れながらも、菜々美のことをちらちらと見ている。

(ふふ、もっと見ていいよ)

内心そう思いながらも会話を繋《つな》げ、彼の純情をくすぐっていく。

「あ、あの。常磐がよければ、なんか、どっかで待ち合わせして、そこに漫画、持ってくから」

「本当？　いいのかなぁ」

「い、いいんだよ。常磐のほうこそ……その、学校の外で会うのとかって」

その純真な男子そのものの言葉に痺れる。校外で顔を合わせるのは、すなわちデートという認識なのだろう。

「ぜんぜん気にしないよ。西浦くんは気になる？」

そこをくすぐった。頬にそっと手を当て、首をかしげてみせる。

「気になるっていうか、その、他の奴らに見られたら、誤解されるかなって……」

「誤解？」

「ああ、いや、だから……常磐って、あんまり男子と遊んだりしないように思ってたから」

「……西浦くんなら、いいよ」

囁《ささや》くように言ったとき、彼が瞳孔を開かせるのを菜々美は心地よく眺めた。

（いいんだよ。こんな女の子に優しくされたら……男の子はみんな舞い上がっちゃうよね）

「西浦くんとなら、誤解されてもいい」

少年の喉が鳴る。菜々美はそれを、潤んだ瞳で見つめていた。

「んっくぅ、はぁ、入るぅっ……うぅんっ……」

「うはぁっ……菜々美のマ×コに……俺のチ×ポが……！」

西浦と約束をしたその日の放課後も、菜々美は田村と肌を重ねていた。

教室の床に仰向けに横たわった彼の太い腰をまたぎ、騎乗位の格好でペニスを呑み込んでいく。

（あふぅっ……セックスには慣れたけど、気持ちいいことは全然飽きない）

最初のときのように田村に圧倒されることはない。田村はセックスの快楽を知り、さらに菜々美の言いなりになっていた。

変に逆らったり、自分本位に気持ちよさをむさぼろうとして、菜々美という存在に愛想を尽かされるのが怖いのだ。

「あぁ、田村くんのおち×ちん、何回入れてもすごくいい……んっ」

そして菜々美は、彼の従順さに飴で応えた。望んでいることを見抜いて、先回りして快感を与えてやる。ますます田村は言いなりになる。その繰り返しだ。

「あんっ……あん、田村くんは動いちゃダメだよ？　菜々美が上になって、気持ちよくしてあげるんだから……」

「うん……」

「はい、って言って」

「は、はい」

もはやご主人様と犬のような主従関係が完成されていた。菜々美は美しい唇をそっと吊り上げて微笑むと、ゆっくりと腰を持ち上げた。

「あはぁっ……はぁ、あぁあん……」

腰の動きに合わせて、立派なペニスがゆっくり膣壁を撫で上げていく。カリ首のえら張ったところが、菜々美のＧスポットをじんわりと擦ってくれる。

「ふぅッ……ん、ふぁっ、あっ、あっ、あっ……」

このままめちゃくちゃに腰を振り立てれば、田村といっしょに我を忘れるほどの法悦に溺れるとわかっている。だからしない。菜々美はあくまで支配者だ。そして自分を焦らすことを楽しむ倒錯的な少女だ。

「あぁ……おま×このざらざらしたところ、わかる……？」

「わかるっ……マ×コの上だ、上のところだっ……」

Ｇスポットの感触に田村が震える。菜々美も粘膜から入り込んでくる刺激にぞくぞくしながら、持ち上げた腰を静かに落とし、また持ち上げるのを繰り返す。

最初のうちはねっとりした蜜肉に悦んでいた田村が、だんだんと物足りなさを覚えてうずうずするのがわかる。

(射精したくなっちゃうような、激しい動きをしてほしいんだね……でもダメ)

まだまだおあずけだ。田村も自分も。

「んっ……く、ふぅ……ん、あぁ、あふ……んんっ」

「うぅ……くぅっ……」

田村は太い指をぎゅっと握り、自分の腰を突き上げて膣穴をめちゃくちゃにしたい欲求と闘っていた。その必死さが菜々美の心を燃え上がらせる。

(もっと菜々美を求めて。もっと菜々美でおかしくなって)

この美少女の肉体で男を好きにしていると実感するのは、たまらないものがある。

「あはぁ……はぁ、あぁん……あっ、ふ、あぁ、おま×こ、気持ちいい」

少年を煽るようなことを言いながら、それでもまだゆっくりした動きでペニスを責めていく。同時に菜々美の性感も上がっていくが、もうセックスの手練《だ》れとなった菜々美は、自分の絶頂を自分で抑制することができた。

(イキたいときにイッて、射精させたいときにさせるんだから……)

「んんっ……」

「あ、ああっ」

深く腰を沈める。半端なところまで包まれていたペニスが根元まで呑み込まれ、田村が仰け反った。

「あはぁあぁんっ……奥ぅ、奥いぃ……！」

菜々美も膣奥と、その向こうにある子宮を押される感触に背筋をぴぃんと張らせた。

しかしそれだけでは終わらせない。膝と足首に力を入れ、身体を激しく上下させだした。

「んふぅっ……ふぅっ、ふぁあぁッ、あっ、あっ」

「うあぁっ……チ×ポが擦られる……！」

田村が待ち望んでいたハードピストンの快楽を、唐突に与える。

彼が翻弄され、肉茎をさらに大きく膨らませて悶えているのがとても愉快だった。

(あぁ、菜々美のおま×こで、田村くんのおち×ぽをしごいてあげてるの)

数カ月前までは処女だった女子中学生の身体で、勝手気ままに男を悦ばせているという実感は、菜々美の脳と子宮をぢくぢくと疼かせていく。

「あぁんっ、あひっ、おち×ぽ気持ちいいっ、おち×ぽでおま×こが気持ちいいっ」

「お、お、俺もだ、菜々美、気持ちいいっ！　イク、もうイクッ……」

「あん……だーめっ」

「ああっ！」

菜々美は勢いよく身体を持ち上げ、そのままペニスを膣穴から引き抜いてしまった。秘唇と肉竿の間を、ねっとりした愛液が名残惜しく繋いだ。

「どうして！」

射精を取り上げられた田村のペニスは、ピクピクと悔しそうに痙攣した。菜々美の膣穴もかすかに震えているのだが、それを悟られてはいけない。

「今日は、田村くんに意地悪したい気分なんだもん」

「意地悪って……」

「ほぉら、イケ。菜々美にされるならなんでも気持ちいいでしょ？」

「え……あッ！」

呆気なかった。射精直前のペニスを菜々美が指でペチッと弾いてやると、その刺激を快感と勘違いした肉竿が勢いよく精液を噴き上げてしまう。

「うくあぁっ……あぁっ！」

「ふふふっ、指でぴんってしただけなのに。イッちゃったね」

田村は自分のされたことが信じられないようだった。射精してしまった己に呆然とした様子で、たるんだ腹や陰毛を汚した白濁を眺めている。

「あぁ、楽しかった。今日はこれでおしまいね」

「そんな！」

唖然としていた田村の顔に勢いよく絶望が注がれる。だが菜々美の気持ちはすでに決まっていた。

「泣きそうな顔しちゃうんだ。可愛いね、田村くん」

「う……う、うぅ」

「……今日、いい子で我慢できたら、明日はいつもよりすごいことをしてあげる」

その一言で、少年はたちどころに元気を取り戻した。

「できるよね、いい子」

「うん……は、はい。いい子でいますッ」

「ふふっ！　そうだよ、いい子いい子……」

「あっ……あっ……！」

菜々美が白液まみれのぬるつく亀頭を撫でてやると、田村は歯を食いしばる。

「菜々美は、いい子な田村くんが好きだからね」

っているような気配もあった。
もはや田村は菜々美の玩具だ。玩具扱いされることそれ自体が、彼の中で悦びとな
「うう……」
（あぁ……おま×こがうずうずしてる……でも……）
菜々美は足早に学校を抜け、西浦との約束の場へ急いでいた。
プリーツスカートの中では、さっきまでの性行為の余韻を引きずる秘唇がヒクつい
ている。
今すぐにでも自分で自分を慰めたい欲望を抑えながら、さっき相手をしていた男子
生徒とは別の少年に会いにいく。
「西浦くん、お待たせっ」
待ち合わせの公園に制服姿で現れた菜々美を見て、西浦の顔は嬉しそうに、しかし
それを悟られまいとするように変な動きをした。
菜々美はその少年の心の機微にぞくぞくしながら、両手を身体の後ろで組んで彼に
近づいた。
「ごめんね。一回家に帰って、着替えようかと思ったんだけど……先生に用事を言い

つけられちゃって」

「い、いいよそんなの。着替えなんて」

そう言いながら、西浦のほうはしっかりと着替えて普段着だった。菜々美が察するに、ちょっとしたよそゆきの、異性を意識する少年らしさが出た装いだ。

(ねぇ、西浦くん……あなたの目の前の女の子が、さっきまで学校でどんなことしてたか……わからないよね)

もちろん口には出さず、そんなことを考える。背徳感でぞくりとした。

「これ……言ってた漫画。最新刊まで揃ってるから」

「わぁっ、本当に持ってきてくれたんだ。ありがとう」

花のような笑みを作り、西浦の差し出した手提げ袋を受け取る。

そしてその瞬間に、意識して彼の手をきゅっと摑んだ。

「あっ……」

狙いどおりに西浦が反応する。菜々美はそれに満足を覚えつつ、さらにしっかりと彼の指に自分の指を重ねる。

「西浦くん、本当にありがとう。嬉しいな」

「う、うん……お、俺も、嬉しいよ」

顔を真っ赤にした少年は、照れのあまりに菜々美の顔をまっすぐ見ることができない。首ごと視線を逸らしながら、それでもたっぷり菜々美を意識している。

「お礼になるかわからないけど……」

「お礼って……あっ！」

菜々美は、無防備に横を向いていた西浦の頬にそっと唇を寄せた。

当然西浦の顔は驚きに見開かれ、慌てて菜々美を見つめる。

「……イヤだった？」

「い、あ、あ、あ」

嫌なわけがない。わかりながらも菜々美は、潤んだ瞳で問うてみせる。

想っていた少女にいきなりキスをされた少年は、口をぱくぱくと空振りさせて頬を手で押さえた。

「すぐに読んで、返すから。そのときはまた、学校の外で会おうね」

「う……う」

西浦はまだなにも言えない。だが菜々美はそんな彼に、あえてすぐ背を向ける。

そして漫画が何冊も入った袋を受け取って、特に惜しくもない仕草で公園を立ち去った。

（きっと西浦くんの頭の中は、菜々美でいっぱい）

彼女に魅了される男が、またひとり増えるのだ。

そう思うと足取りは踊るようになった。同時に色欲も再び蘇《よみがえ》ってきて、身体に物足りなさを訴えてくる。

（ダメ、今日はこれくらいで我慢。西浦くんとエッチをするのは、もうちょっと先）

かわりに帰宅したら、親の目を盗んでたくさん自瀆《じとく》に耽ろう……そんなことを考えて、菜々美はうきうきと帰宅した。

2

「な、菜々美……」

翌日の放課後、田村はいつもよりも興奮した様子で菜々美に詰め寄った。

昨日おあずけをしたときに言ったことを、愚かにも信じているのだ。

「本当に可愛いね、田村くんって」

菜々美はそんな彼を愛おしく思う。その気持ちは嘘ではない。この美少女の身体と心に骨抜きにされる男がいるというのは、最高に愉快だった。

「昨日はいい子にできたからね。約束、守ってあげる」

「うおおっ」

「あん……」

菜々美が言うと同時に、恰幅のよい身体が菜々美を押し倒した。リノリウムの床に少女の細身が横たわり、上から鼻息の荒い少年が覆い被さってくる。

「んふ、んぅ、んんっ……ふぅ……」

そしてまるで犬のように、菜々美の口元をべろべろと舐め回した。キスにすらなっていないそれは、彼の興奮を表しているようだった。

(がっついちゃって……いいよ、菜々美でもっと興奮して)

頬や鼻まで唾液まみれにされながら、菜々美の秘唇が湿っていく。今日これから彼にすることを考えればなおさらだ。

「あふぅっ……んふ、んんぅ……」

「おふ、おぉ、おお……！」

さんざん彼の舐め回しを楽しんでから、菜々美も応える。ようやく舌を出し、彼のそれに絡めてちろちろとうごめかせた。

(あぁ……気持ちいい。キスだけでこんなに感じるなんて、想像もしなかった)

口粘膜の触れ合いは、頭をぼぉっとさせていく。自分が求められているのだという実感が彼女を包み、ふわふわした陶酔を脳に振りまいていく。

(でも……)

今日はそれに浸ってばかりはいられない。

「んはっ……田村くん、今、菜々美……どんなこと考えてると思う?」

唇を離すと、妖艶に微笑みながら問いかける。

少女のその表情は、どんな男でもおかしくしてしまうぞっとする美しさだった。くりくりと愛らしい瞳が意図して歪められ、涙袋の陰影を深くする。

「ああっ……わ、わからない」

目の前の被虐を緩く開花させられた少年は、その悪めいた美貌にすっかり打ちのめされていた。

今すぐにでも目の前の女を犯そうとしていたはずなのに、起き上がる彼女になにもできず、それどころかその場に正座のようなかたちで座り込んでしまう。

「ふふ……今日は、今までとは違うところをいじっていいよ」

田村はその言葉の意味を理解できないようだった。その朴念仁《ぼくねんじん》ぶりに菜々美は薄く笑いながら、立ち上がって手慣れた様子でショーツのみをずり下げた。

白い下着を片脚から抜き取るとスカートをまくり、そしてしなを作った動きで田村に背を向ける。

「ああっ……」

触れれば弾けそうな尻がむき出しになり、少年の視線はそこに釘づけになった。その視姦を心地よく感じながら、菜々美はわずかにお尻を振る。

「ああっ、ああっ」

その動きに合わせて田村の口から感嘆が漏れるのだからもうたまらない。

「あはははっ」

菜々美は小悪魔そのものの声で笑いながら、ゆっくりと自分の尻に手をやる。双臀を両手で左右に割り開き、その奥にある可憐な窄まりを露出させた。

「あぁっ……な、菜々美……菜々美の……」

「なにが見える？」

「んくっ……け、ケツの穴が……」

その遠慮のない形容にも笑いそうになると同時に、菜々美の膣奥から愛液がどろりと滴った。

「そう、菜々美のお尻の穴だよ？　今日はここ……触っていいよ」

田村がひゅっ、と息を呑んだのがわかる。まさかそんなアブノーマルなことを許可とは名ばかりに、命じられるとは思わなかったのだろう。

しかし嫌がるわけがない。彼に菜々美の言うことを拒否するなどという選択肢はないのだ。

「どうする？　指でぐりぐりする？　舌でぺろぺろする？　それともいきなりおち×ちん、入れちゃう？　田村くんの好きにしていいよ」

「う、ううッ」

少女の言葉に、少年の理性は決壊した。勢いよく菜々美の尻たぶを摑むと、そこに鼻頭を突っ込んだ。

「んぅっ、んふ、んふーっ……！」

そして次の瞬間、襲いかかってきた甘美な感覚に、菜々美は思わず膝を折りそうになった。

「あふっ……あぁあぁんっ」

熱くヌルリとした感触が、菜々美の処女肛門を舐め上げた。キュッと引き締まった肉穴を、さっき唇にしたような無遠慮な動きでべろべろと舌が撫でつけていく。

（お、お尻ぃっ……あぁ、お尻、ぬるぬるして気持ちいいっ）

今まで己のアヌスは、戯《たわむ》れ程度にそっと触れたり、指の第一関節を入れるくらいに留めていた。ここは自分で開発せず、男による楽しみをとっておいた。

それが今、最高のかたちで実現しようとしている嬉しさに菜々美は震えた。

同時に、男に尻を愛撫されることの快感の強さに驚く。

(あぁ、なんでも……男の人にされるとこんなに気持ちいい。自分でするのとは比べものにならないんだ。女の子の身体って、すごくエッチにできてる……)

少女の身体の感じやすさと淫らさに感激する。

「あぁ、菜々美のケツ穴美味しい……最高だっ……」

「あぁっ！　田村くぅん……んんっ！」

アヌスのみぞを舐めるように動いていた舌が、先端を硬く尖らせたと思うとついに尻穴の中に入り込んできた。

「んあぁっ……あぁん、あっ、あぁはぁ……あぁん……」

熱くてざらついたものが、神経の集中した肛門の入り口を刺激する。

たまらず菜々美は倒れ込んだが、腰は田村がしっかりと摑んでいる。獣のように高く腰を上げたかたちになり、執拗に尻穴を舐められつづけた。

(舌ぁ……お尻の中に入ってくるぅっ……男の舌に、お尻犯されちゃってるっ)

こんな美しい女子中学生が、処女に続いて肛門処女まで散らそうとしている。その事実が菜々美に倒錯した興奮を与える。

それは狭い穴が温かなものにこじ開けられる心地よさと入り交じって、菜々美を異常なほど高揚させていく。

「んぅ……あん、あぁ……ん……」

「おぉっ……！」

我慢がきかなくなって、アヌスをしゃぶられた状態で、自分で女性器をいじりだした。それを見た田村はエスカレートし、鼻息を荒くしてさらに深く肛門に舌をねじ込んでいく。

（お尻を犯されながら、自分でおま×こいじって……こんなのエッチすぎるよぉっ）

自分の痴態に自分で昂《たかぶ》る、性欲の自家中毒状態だ。

「菜々美……指っ……入れるから」

「あぁっ！」

田村の舌が離れたと思うと、すぐに指があてがわれて狭肛を犯した。硬くてしっかりしたものが、美少女の肛門をしっかりと拡げる。

「おふっ……うふぅ、ふぁあぁんっ」

圧迫感に思わず口から息を吐くが、痛みはない。

(ちょっと苦しい……でも、気持ちいいっ)

苦しさと気持ちよさ。混ざり合うことのないはずの感覚が、今の菜々美の中では共生している。

「す、すごい。ケツの穴に指が入ってく……！」

「あうぅっ……んうぅ、くふぅっ……！」

田村がまぶした唾液や、秘唇から滴った愛液を潤滑液にして、田村の指が根元まで入り込んでしまった。

敏感な肛門を通り抜け、熱い直腸に生まれて初めて触れられる。

(すごい……お尻……お尻までイイなんて……この身体、最高だよぉ……！)

膣穴のような、敏感な神経の塊《かたまり》を擦られる刺激はない。ただ、熱い粘膜の中で指が動くたび、ずん、ずん、と鈍く響くような快楽が全身に伝播していく。

女体で得る新たな心地よさに触れ、菜々美の秘唇がヒクついた。

「はぁ……マ×コがぎゅうってなるのが見えた。菜々美、エロいよ……」

「んふぅ、田村くんがこうしたんだから……」

菜々美が媚びると、田村は愉悦に身震いした。

「だ、だよな。菜々美のマ×コは、俺がエロくしたんだ」

「そうだよぉ……んっ、お尻もエッチにしてくれるよね？」

その言葉の意味することを理解して、田村は再び震えた。そして指を勢いよく引き抜くと、慌ててズボンを脱いでペニスを露出させる。

（あぁ……これからこのおち×ちんで、お尻の穴、犯されちゃうんだ）

立派に張りつめたペニスが、この女子中学生の肛肉を蹂躙する。考えただけで頭の中が真っ白になりそうだ。

「いくよ……んっ……」

「あぁ……！　あうぅっ、うぐっ、くぅ、くぅぅぅぅっ！」

ぷっくりとした亀頭が肛門に押し当てられ、指のときと同じように愛液のぬめりを利用して一気に入り込んでくる。さすがの菜々美も、苦しさに顔を歪めて叫んだ。

（お尻……菜々美のケツ穴ぁっ、あぁ、本当に……処女じゃなくなっちゃった）

苦悶に染まりそうになる心を淫らに作り替えるのは、この身体が少女のものだという事だ。こんな絶世の美少女の肢体が、もともとは別の存在だったこの自分の意思で男に汚されていくという、汚辱の快感だ。

「あぁぁあぁ〜っ……あくぅ、うぐぅっ、お、お尻、拡がっちゃうぅ……」

「うくぅっ……チ×ポも潰れそうだっ」

そう言いながらも、田村はたくましかった。歯を食いしばりながら菜々美の腰をしっかり摑み、狭穴めがけて腰を突き出してくる。

ぎちゅ、ぎちゅぎちゅ……と、粘っこい水音を立てて、太竿が熱い腸壁と馴れ合っていく。

「あぁはぁっ……はあぁ、お、おぢりぃ……うぐっ、うくぅ、くぅうんっ」

初めての肛姦でも、菜々美は快楽をものにしていた。

（すごい……おち×ちんの熱さは、おま×こよりも感じるかも……！）

熱に関しては、膣穴よりも腸壁のほうが敏感なようだった。ペニスの出入りで尻の粘膜が焼かれるような感触もある。

「お尻ぃ、気持ちいいっ！　田村くんとのお尻セックス、気持ちいいよぉっ！　もっとしてぇっ！」

菜々美が叫ぶと、田村はふんと鼻を鳴らした。それを合図に拙いピストン運動が始まった。

「あっ、あっ、あく、あぐっ、あっ、あっ……」

竿肌がみっちりした腸壁を撫でていくのが気持ちいい。肛門の皺が思いきり拡げられて、敏感な肉のリングになっているのが気持ちいい。尻の奥にある結腸が、ピストンの衝撃で揺らされるのも最高だった。

「あぁあぁんっ、あひっ、あふぅ、田村くん、おま×こも、おま×こもいじってぇ」

甘ったるい声で告げると、田村の太い指が秘唇へと伸びた。後背位で尻を犯しながら、前から手を入れて膣穴に指を突き入れる。

「ふあっ、それ、あぁぁ、もっと指入れて、一本じゃなくて」

「こ、こうか……！」

「んあぁはぁあぁあんっ！」

田村が指を二本に増やす。肉壁の感じる太さが増え、肛門と膣肉に同時に入ってくる異なる快感に菜々美は身体をくねらせる。

その反応を見て、少年は調子に乗っていく。指をグチュグチュと出し入れし、肛門を犯す腰も速める。

（いい、好き勝手にめちゃくちゃにされるのがいいの）

男を支配するのも最高だし、この女体を男の好き放題にされるのもいい。

菜々美はふたつの快感を自分の思うままにスイッチできた。今の彼女は、男に蹂躙されるのを楽しむマゾ牝だ。

「ひぃん、おかしくなるぅっ……お尻とおま×こ、両方気持ちよくて……あぁ、おかしくなっちゃうよぉっ」

「な、なって……おかしくなれ、菜々美っ」

いつもは菜々美にいじめられて喜ぶ田村も、今は興奮と嗜虐の坩堝《るつぼ》にいる。

(本当におかしくなりそうっ……両方犯されるの、いいっ……！)

押し引きされるペニスにつられるように肛門が引っ張られ、めちゃくちゃにこね回される。その快感で尻を震わせていると、不意打ちのようにGスポットを指が擦る。

快楽の二重奏にめろめろになっていると、ふと田村がうなり声をあげた。

「うぐぅっ、出る、菜々美、ケツの中に出すっ」

「あぁっ！　あぁっ、あっ、あぁあぁあぁあぁあぁあぁあぁあぁあぁっ！」

菜々美の背筋がぴぃんと反り返った。直腸の中で田村のペニスがいっそう硬くなり、激しい脈動を繰り返す。

「あぁあぁっ！　お尻っ、お尻焼けちゃうぅうっ」

ドクン、ドクンと、肉茎が太いホースのように腸壁に白濁をまき散らす。

粘っこくてどろどろの汁が粘膜に絡んでいくのを、菜々美はしっかりと感じ取った。

「ダメぇ、あぁイク、お尻に出されてイクッ、お尻でイクゥッ、あぁぁあっ！」

今まで感じたことのない激しい絶頂が、菜々美の全身を支配した。膣穴と肛門で爆《は》ぜた快感がぶつかり合い、肉体を何度も痙攣させる。

「あっ、あくふぅ、ふぅぅぅっ……あぁっ！」

しかし、それに浸っている余裕はなかった。田村がへたり込みそうになる菜々美の身体を揺する。

「おほぉっ、ほぉ、だ、だめぇ、お尻、もうだめぇ、擦っちゃ……あぁんっ」

「菜々美……まだ、まだヤレるよ……！　もう一回お尻、犯させて！」

「あひぃぃんっ！」

田村のペニスはまだ硬い。肛門絶頂を迎えたばかりの敏感な女体を、自分本位にがくがくと揺さぶっていく。

しかし、それがいい。今の菜々美はマゾ牝だ。自分の意に反して肛門を連続で犯されるのは悦びだ。だから叱ることなく田村の横暴を許した。

（それに……）

内心目論《もくろ》んでいることを考えれば、今日は田村に飴を与えすぎるくらいでいい。

菜々美はそんなふうに思っていた。

「きょ、今日は……普段着なんだな」

別の日の放課後、一度帰宅して着替えてから公園に現れた菜々美を見て、西浦はどぎまぎした様子で言った。

「うん、西浦くんと会うから、ちゃんとしたかっこうがいいなって」

ベンチに腰かけた菜々美は、季節にしては少し寒々しいミニスカートだ。

だが、彼のためにこんなおしゃれをしていると思わせることに意味がある。

実際西浦の視線は、菜々美の生足に釘づけだった。緊張と興奮が入り交じった様子で、白くて艶やかな肌を見ている。

「西浦くんも、座って」

促《うなが》すと、西浦はぎくしゃくした様子で隣に腰かけた。

菜々美はそんな彼にまず、借りていた漫画本を返却して感謝を述べた。西浦は落ち着かない様子で頷いた。

(このあいだ、キスしてあげたこと……思い出してるんだよね)

あの日から、学校でも西浦は菜々美を意識しっぱなしだった。授業中も休み時間も、ずっと彼女のことを見ていた。

だが菜々美は焦らすように、彼に話しかけることはしなかった。視線だけ与えて、思わせぶりに微笑むことを繰り返した。

そのうえで今日の呼び出しなのだから、西浦の中ではいろいろな想像が膨らんでいるに違いない。

「……このあいだは、いきなりごめんね」

「このあいだ……って、あ、あの」

「急に、キスしちゃったりして」

キス、と菜々美が口にすると、少年の身体は凍りついた。動けないのに顔だけがカァッと赤くなり、先日されたことを反芻《はんすう》しているのがまるわかりだ。

それを内心笑顔になりながら、菜々美はただじっと見つめた。西浦が口を開くのを待つ。

「べ……べつに、嫌じゃなかったから」

少年がせいぜい強がってそう言うのを聞き、ゆっくりとうつむいて、セミロングヘアの先端をいじってみせる。

「……じゃあ、嬉しかった？」

「う、う、うん……まあね」

（本当はすごく嬉しいくせに）

そう思いながらも当然顔には出さない。同時に菜々美は、西浦が急に背筋を丸め、両手で下半身を隠すようにしだしたのを見逃さなかった。

「西浦くん、どうしたの」

「い、いやべつに……なんでも……あっ！」

苦しまぎれに言う彼の手を、菜々美は無邪気に握ってみせた。

慌てた西浦の手が下半身を離れ、その下のズボンを押し上げる勃起が露になってしまう。

「こ、これって……」

口元に手をあてて、大袈裟に驚いてみせる。

西浦はもう、顔どころか耳や首まで赤かった。言い訳をしようとして失敗し、あわあわと唇をわななかせている。

「……菜々美のこと、好きなの？」

その言葉に彼は驚いたようだった。責められる、怖がられる、嫌悪される……そんな反応を予想していたのだろう。

「菜々美のことを考えて、そうなっちゃったんだよね？」

「あ……う、い、いや」

想像とは真逆の肯定的な雰囲気に、少年は戸惑っていた。

ミニスカートの奥で、菜々美の秘唇が湿った。先日田村に開発されたばかりのアヌスも、きゅっとヒクつく気配があった。

「よかった、ドキドキしてたの……私だけじゃなかったんだね」

菜々美が西浦のすべてを肯定するようなことを言うと、彼は目を見開いて隣の少女を見つめた。菜々美も見つめ返す。

「西浦くんと会うと思ったら、胸がぎゅうってなって……変なことまで考えちゃってたから。西浦くんも同じで……」

「変なことって……」

「だからぁ……」

緊張したままの西浦に、菜々美はさらに媚びてみせる。

「こういうこと……」

「あッ！」

熱くたぎった股間に手を添えられ、少年はびくりと跳ね上がった。

「だ、ダメだって！」

「……イヤ？」

不安げに問うと、西浦は露骨にうろたえた。男子中学生の理性など、こうして表情ひとつで好きにできることを、もう菜々美は知っている。

「もっと、人気《ひとけ》のないところで……」

「あぁっ……」

菜々美がそっと手を引いて立ち上がると、西浦も従った。熱に浮かされたようになっている。

ふたりのいる公園は住宅街に面しているが、植え込みと大きな木で死角になっているところがあった。菜々美はそこに彼を連れ込み、木を背もたれにして立たせる。ジーンズのボタンにそっと指をかけると、西浦は小さく首を振って、自分からズボンを脱ぎだした。

(そうだよ、自分で脱ぎぬぎしようね？)

菜々美は内心余裕たっぷりに微笑みながら、少年のつたない手つきを見守った。

そして彼が下着までずり下ろしてペニスが露出すると、まるでへたり込んだようにしゃがみ、露骨に目を丸くしてみせた。

「すごぉ……い。こんなに大きいんだ……」

「う……は、恥ずかしいから、あんまり見るなよ」

「見ちゃう……私のこと考えて、こんなにしてくれたんでしょ」

西浦のペニスは、田村と違ってきゅっと細身だ。しかし長さだけは田村よりもある。

(こんなの入ったら……一気に子宮まで届いちゃう)

口の端からよだれが垂れそうになる。挿入を想像して、秘唇が切なく疼いた。

「男の子って、このままだと苦しいんだよね」

「苦しいっていうか……」

西浦は口ごもった。田村よりもずっと純情だ。その違いを楽しんでいる自分に、菜々美は高揚する。

「その……うまくできるかわからないけど、手で……してあげるから」

「て、手で……あぁっ!」

言って、菜々美は細長い肉竿を両手できゅっと握った。あえてつたない、そっと包むような強さだ。だが、それだけで西浦はのけぞりそうなくらい興奮していた。今にでも先端から白濁があふれそうだ。

「こうやって、手でしこしこすれば……気持ちいいんだよね?」

「う……う、うん……」

とっくに知っていることを、処女のような顔で男に問うて答えさせる。その倒錯した快感、無垢な少女として振る舞うことへの高揚感。菜々美は背筋を震わせながら、ゆるく握った手でゆっくりとペニスをしごきだした。

「あっ……は、あぁ……あく……」

「んんっ……硬い……びくびくしてる……上向きで、すごく熱い」

菜々美が途切れ途切れに感想を口にするのがたまらない様子の西浦は、歯を食いしばって腰をよじった。快感を身体の外へ逃がそうとしているようだった。

(もう射精しちゃいそうなのに、我慢して……可愛いんだ)

そうなると意地悪をしたくなるのが菜々美だった。

突然肉茎をしごく指のリングをぎゅっと狭め、我慢汁でぬるつく亀頭を強めに擦り立てる。

「あっ、ダメだ、あっ……!」

「ああっ……!」

西浦はあっけなく果てた。熱い精汁が菜々美の頬や鼻筋を打ち、美少女の顔を白濁が汚していく。

(あぁっ……菜々美の顔に、精液……かかってるぅ)

絶頂とまではいかないが、その手前くらいまで女芯が震えた。

この美しい身体や顔を男に汚されるのは、何度経験してもたまらない愉悦を与えてくれる。

「ごめんっ」

純真な西浦は、快感に惚けた顔をしながらも慌てた。菜々美は小さく頭を振ると、顔にまき散らされた白濁を指でつっと拭《ぬぐ》った。

「あぁ……ん」

そして精液の絡んだ指を、突き出した舌になすりつける。

（あん……青臭い。田村くんよりも濃いかも……）

どろりとした白濁を口の中で転がしながら、ゆっくりと飲み干していく。

西浦は信じられないものを見る顔で菜々美を見つめていた。

「あふ……あぁ、西浦くんの……おいしい」

「そんな……そんなわけ」

「西浦くんのだから、おいしい」

言い直すと少年は息を吞んだ。目の前の淫らな少女に抱いていた恋慕を思い出し、性欲と恋心に揺られて切なそうな顔をする。

（もっと菜々美を見て）

男の心を乱させ、虜にしたい。そんな欲望は菜々美の中で際限なく膨れていく。

「今日、ここでじゃ……無理だろうけど……私、西浦くんと……もっと、いろんなことがしたい」

少年の喉が、唾を飲み込んでうごめいた。

(……西浦くんの初めても、菜々美がもらうんだから)

この身体を使って、どんな男でも好き放題しながら快楽を得る。その道筋の二歩目を踏み出したような気持ちで、菜々美は妖艶な笑みを浮かべた。

3

「と、常磐……やっぱり……んんっ!」

少年の戸惑いの声と表情は、菜々美が秘唇に肉茎をあてがうと期待にとろけた。

──公園で児戯のような愛撫を楽しんでから、たっぷり一週間は焦らした。

学校の教室で視線を合わせたり、軽い挨拶をするだけ。あの公園での出来事のことにはあえて触れず、西浦の焦りを感じながらも知らないふりをしていた。

そして彼のことはおくびにも出さず、放課後は田村とケダモノのようなセックスを楽しむことを繰り返した。

そうしてさんざん少年の純情をもてあそんだあと、今日の放課後に声をかけた。

両親共働きだという西浦の自宅に、流れるように二人でたどり着き、彼の自室でごく自然な流れで服を脱ぎ、身体に触れさせた。

「あはぁ……西浦くんのおち×ちん、すごく硬い」

騎乗位の格好で、田村とは異なる細い腰にまたがってそっとペニスを撫でる。菜々美の秘唇から滴った愛蜜と、彼の鈴口からこぼれる先走り汁でぬるりとしていた。

「ま、待って……常磐、処女……だよな？」

緊張した面持《おも》ちで問われ、菜々美の口から笑い声がこぼれそうになる。

（処女……ってことにしておいたほうが、西浦くんは喜びそう）

そして一瞬のうちにそんな計算をして、潤んだ瞳を作ってみせた。

「うん……でも、エッチなことしたいっていう気持ちが、すごく強くて……」

肉茎から秘唇も手も離さないまま、それでも恥ずかしそうにうつむく。

「西浦くんは、エッチな女の子は嫌い？」

「い、いや！」

菜々美がわずかに腰を浮かすと、西浦はぶんぶんと頭を振った。

「嫌いなわけない、た、ただ……初めてが俺で、いいのかなって」

純真な西浦の反応は、獣欲に支配された田村とはまるきり違う。菜々美にフレッシュな喜びと、これから得る快感への期待を与えてくれる。

「ううん、西浦くんがいいの」

自分が男子中学生で、クラスメイトの美少女にこんなことを言われたら舞い上がってしまうだろう。考えたままを口にする。シミュレーションゲームのような楽しさもあった。

（菜々美なら、どんな男の子も虜にできるんだから）

目論みどおり、西浦は固唾を飲んでから菜々美を見つめた。菜々美はその瞳を見つめ返し、もう一度腰を落として秘唇で少年の亀頭を捕らえた。

「お願い……怖くなっちゃう前に……入れたいの」

「わ……わかった」

西浦は頷《うなず》くと、おずおずと菜々美の腰に手を回した。

すぐにでも身体を落として、この細長いペニスをヴァギナで味わいたいのを我慢して、菜々美は彼のつたない初経験に付き合うことにした。

（んくぅ……早くおま×こ、ずぼずぼしてほしいけど……）

自分を焦らすのは、菜々美の好きなことだ。快感を先送りにすればするほど、肉ひだが蜜をまとって疼いていく。

「すごい、濡れてる……女子って、本当にこんなになるんだ」

「うん……ドキドキすると、こうなっちゃう」

「ここ……こ、この……穴、だよな」

西浦がわずかに腰を揺すり、小陰唇の奥にある膣口をペニスの先端で探った。

「あんっ……そ、そう、そこ……そこに、おち×ちん、入れるの」

「うくっ……」

菜々美が露骨な言葉を口にすると、西浦は面白いくらいに反応した。このあたりは田村と変わらない。

(こんな可愛い子が、おち×ちんとか、おま×ことか言うの……興奮するよね?)

「入れるよっ……！」

一気にこらえ性がなくなった様子で、肉穴に亀頭を押し当てる。

「んっ、きて……」

切なそうに頷くと、西浦は歯を食いしばりながらペニスで秘裂をこじ開けた。

「あぁっ！　入ってきてるぅ……うぅう、んうぅっ」

「くっ……う、あ、熱い……あぁぁ……！」

菜々美は肉竿で淫蜜を探られる激感に震えた。

(何回入れても、セックスは気持ちいいっ……)

しかも、今日はもはや日常と化した田村とではない。女体を初めて経験する西浦との行為なのだ。

(こんな可愛い子が、可愛い顔して……二人目の男の子童貞をもらっちゃった)

その実感は菜々美をさらに高揚させる。たまらず自分からも腰を落とし込み、西浦の熱杭をぐっと奥まで咥えた。

「うあっ……！」

「あぁ、腰が勝手に……動いちゃうぅ」

「と、常磐……痛くない？」

菜々美の仕草に驚いた様子の西浦が訊《たず》ねる。菜々美は淫らにとろけた顔で、それでもぶんぶんと首を横に振ってみせた。

「ちょ、ちょっとだけ……入り口のところが、ちりって……でも、気持ちいいののほうが強い……！」

経験のない少年は、その物言いに納得したようだった。

この苦痛のほとんどない処女卒業は、菜々美が実際に経験したものだ。それをまるでいま味わったかのように振る舞う悪女の自覚に、少女は陶酔する。

「じゃあ……う、動いていいんだな」

「うんっ……下から、ずんっ、ずんって……突くみたいにして」

西浦は菜々美の言うとおりにした。今度はしっかりと少女の細腰を掴み、自分の腰を突き上げ、蜜の滴る媚肉を長いペニスでえぐっていく。

「あぁっ！ あっ、あふっ、あくぅっ……奥、奥まで……届いてる」

「うぅっ……奥、こ、ここ？」

「あはぁあんっ、そう、そこ、そこ気持ちいいっ……んあぁんっ！」

彼がほんの少し下半身を持ち上げるだけで、菜々美の子宮の入り口が刺激される。

ずん、ずん、と、突かれるたびに甘美な刺激がおなかの奥と頭に振りまかれていく。

（す、すごいぃ……子宮が簡単に押されちゃう……西浦くんのおち×ぽ、子宮グリグリ向きの形だよぉっ）

膣肉をこじられる、圧迫されるような感触は田村のほうが上だ。

だが、子宮口をこんなにたやすく、軽いピストンでも響かせるように突かれるのは彼では味わえない。

（おち×ぽって……みんな違って、みんな、違うふうにいいんだ……！）

——もっと……。

もっとこの快感を、男たちの差を、この最高の肉体で味わいつくさねばならない。

そんな気持ちが、菜々美の中でかぁっと燃えた。

「あんっ、あんっ、あんっ、西浦くぅんっ」

足首と膝に力を込めて、菜々美も腰を使っていく。

西浦下半身を突き出せば、それに合わせて身体を落とし込む。上下から与えられる衝撃が膣穴の中で潰れ、激しい快感のあぶくとなってパチンと弾ける。

「常磐……常磐っ」

西浦の中でも、もうためらいは消えたようだった。ひたすら菜々美の肉壁でペニスを擦り、子宮の入り口を何度もノックすることに夢中だ。

（あぁすごい……子宮、どんどんとろとろになってく……！）

もう膣肉は開発しつくしたと思っていたが、そんなことはなかった。

西浦に突かれるたび、ゆるい蕾だった子宮口がどんどん花開いていく。熟しすぎた果実のように柔らかくなり、ペニスから与えられる刺激をさらに感じやすくなっていた。

「あぅふぅっ、奥気持ちいぃ……西浦くんのおち×ぽ、気持ちいぃっ」

「俺もだ……と、常磐の……お、おま」

「おま×こっ……」

「……う、うおっ」

西浦が言いかけたことを菜々美が引き取ると、彼の興奮はひときわ強くなった。

粘膜の中で肉竿がギュッと硬くなるのが、はっきりとわかった。

「常磐……すごくエロいっ……こんなエロい女子だったなんて……！」

「あぁっ！　はぁんっ、あっ、え、エロい女の子……だめ……？」

「ダメなわけない、ダメじゃ、ぜんぜん、あっ、はぁっ」

膣肉とペニスの摩擦で、西浦はいよいよ限界を迎えそうだった。

「と、常磐、イキそう……あぁ、で、出ちゃいそう」

「んんっ……いいよ、出して……私もイキそうだから……はぁっ」

「本当……いっしょに、いっしょにイケるのか……！」

「うんっ、いっしょがいい……あぁ、いっしょがいいの……あぁぁんっ、あっ、あっ、あぁ、あぁあぁっ……！」

言いながら菜々美がギュッと膣穴をこじると、西浦が大きく震えた。

「あぁあぁんっ！　出てるぅっ……あぁ、はぁあぁあんっ」

ペニスが膨らみ、とろけきった蜜肉の中にドブドブと熱汁が注がれた。

「はぁっ、あぁ出てるぅ、イクッ、イク、射精でイク、菜々美もイクッ、あっ、あぁあぁあぁあぁあぁあぁんっ！」

精液が膣壁に絡む甘美な感覚で、菜々美も絶頂を迎える。

女の底がぎゅうっと縮み上がり、精液を飲み干すように奥へと収縮する。

つられるように西浦のペニスも、子宮の間近くで何度も白濁を吐き出していく。

「あはぁあっ……あぁ、あっ、あぁぁ……」

「すご……本当に、常磐のナカで……出てる……うくぁ……」

「んぅ……嬉しい……西浦くん……私、嬉しい……」

ペニスが抜け落ちないように気を払いながら、菜々美はそっと上体を倒して西浦の上に寝そべった。少年の未成熟な胸板に顔をやり、甘えるように頰ずりをする。

その仕草に西浦がぞくぞくしたのがたまらない。こんな可憐な少女に甘えられて震えない男など、いるわけがないのだ。

「常磐……」

「ん……菜々美って、呼んで」

「……菜々美」

男子中学生が、たどたどしく名前を呼ぶ。

すでに妖婦になりつつある女子中学生は、淫らな笑顔でそれに応えた。

「あの……菜々美、やっぱりこの間みたいに、俺の家のほうが」

西浦との初体験から数日後、菜々美は放課後に彼を呼び出した。

この間みたいなことをしたい、と一言告げれば、少年はもう逆らえない。

ただし、その場所が空き教室なことに不安があるようだ。

(今、ドキドキしてるよね？　学校でエッチなことするなんて……)

彼の心を想像し、菜々美は心の中で微笑む。

(これくらいで緊張してたら、これから起こることに身が保《も》たないよ)

そんな邪悪なことを考えながら西浦の手をそっと握り——菜々美にとってはいつもの空き教室の扉を開いた。

「えっ……」

そして、西浦は待ち受けていた男に驚愕した様子だった。空き教室の中には、菜々美の手配で田村がいたのだ。

「お前、田村……だよな」

田村は答えない。いじけた様子で視線を逸らし、太い両手指をもじもじと腹の前でいじくり回している。

「な、菜々美……先客がいるみたいだから」

「うん、私が呼んだの」

菜々美の一言に、西浦はさらに驚く。

「どういうことだよ！」

「もう、焦らないで」

西浦の手をあっさり離すと、菜々美は田村のもとへ歩み寄った。

「田村くんはいい子だから、ちゃんと納得してくれたよ。今日は三人で遊ぼうって」

「い……い、意味が、わからないけど……」

彼の反応は菜々美の予想どおりだった。怒りや失望よりも困惑が来るだろう。しかし西浦は逃げることはしない。すっかり菜々美に惚れ込んでいるからだ。

「菜々美……俺に、嘘をついたのか？」

「嘘？」

「は……初めてだって、俺のことが、好きだって……」

「うん」

あまりにあっさり認めてやると、西浦は逆になにも言えないようだった。

「西浦くんのことが好きなのは、本当」

「で、でも……田村が……」

「田村くんは、私のことが好きだから」

嚙み合わない返事をしながら、むっつりといじけながらも股間を硬く隆起させた田村の二重顎を撫でた。

「ずっと考えてたんだ。二人の男の子に、同時にめちゃくちゃにされるってどんな気分かなって……」

「あ……あ」

田村を撫でくり回したその手を、後ずさろうとした西浦に伸ばす。

「いや？　したくない？」

「そんなの、当たり前……」

「じゃあ、これはなあに？」

「あうッ……」

西浦に詰め寄り、彼の田村と同じように、制服越しに勃起したペニスをぺちんと弾いた。

「したくないなら、こんなふうにはならないよね」

「だ……だって……」

つい先日まで純潔だった少年は、目の前で起きようとしていることに思考が追いつかないようだった。

ただ目の前の少女の妖気にあてられて、下半身だけは熱くしてしまう。

(男の子って、単純なんだから)

凍りついたままの西浦を放って、菜々美はまた田村のところに舞い戻った。そしてこの状況をすでに受け入れている彼のズボンを、今日は自分から脱がしてやる。

「田村くんのおち×ちん、今日もすごく硬い……」

「う、うん……菜々美……あっ」

いつもは散々焦らすが、今日は西浦に見せつけることが第一だ。むき出しのペニスを握ると、いきなり強めにしごいてやった。

すでに溢れ出ていた先走り汁で、菜々美の指で作った輪がスムーズに滑っていく。

「あぁ……菜々美、菜々美、気持ちいい」

「うん、素直な田村くんは可愛いなあ」

さらにペニスをしごく手を加速させる。田村がみっともなく喘ぎ、快感を口にするのを心地よく聞きながら、悟られないようにちらりと西浦を見る。

彼は脚が床に接地されてしまったかのように立ち尽くし、絶望のような、欲望のような顔で二人を見つめている。

「今日はお口でもしてあげよっか」

「く、口……菜々美のフェラ……」

「うん。私のお願いを聞いてくれたんだもん。それくらいしてあげなきゃ」

言って、菜々美はすぐに椅子に座った田村の足元にしゃがみ込んだ。

そしてつんと尖った唇の間から柔らかな舌を突き出すと、ぷりんと張りつめた亀頭を一気に舐め上げた。

「ああ！」

「んふ……んんっ、ん……」

亀頭、裏筋、小帯……男の感じるところを的確にしゃぶっていく。またも田村が情けなく声をあげ、その喘ぎ声と張り合うように菜々美もフェラチオの水音を高く立てていく。

「ま……ま、待ってくれ！」

ついに西浦が痺れを切らして悲鳴をあげた。だが、菜々美はあえてそれを無視した。田村のペニスをしゃぶりつづけ、声が耳に入らないふりをする。

「菜々美、菜々美っ」

すると西浦は面白いほどに狼狽《ろうばい》し、菜々美と田村に駆け寄った。

よこしまな少女はそこでようやく口淫を止め、哀れな男子中学生を見つめた。

「なんでもするから！」

こぼれたのは、菜々美への服従の言葉だった。

「なんでもするから……だから、俺も……」

菜々美はそんないたいけな少年に、さらに畳みかける。

「俺も？」

「俺もどうしてほしいの？」

西浦は言葉を詰まらせた。

「おち×ちん、シコシコしてほしいの？　お口でぺろぺろしてほしい？」

「あ……う」

「それとも、おま×こをずぼずぼしたいのかな？　言えないならなにもしてあげない」

冷たく突き放し、菜々美は再度田村の肉茎をれろれろと舌でもてあそんだ。

「な、菜々美、西浦はいいから……」

田村が勝手なことを言って、菜々美の頭を押さえつけてフェラチオに集中させようとする。あえてそれを叱りはしなかった。

「ぜ……全部、全部してほしいっ」

二人が互いだけの世界に入り込もうとしたのを見て、西浦が再び痺れを切らす。

「チ×ポ舐めてほしいしっ……またセックスもしたい！」

「田村くんがいっしょでもいいの？」

「……い、いいっ」

「西浦くんだけの菜々美じゃなくてもいいの？」

「いい、いい……！」

不憫な少年は、理不尽を受け入れてしまう。

（やっぱり、菜々美には逆らえないんだよね）

菜々美は歪んだ充足感で心を満たしながら、そっと西浦を手招きした。

「ほら、早くおち×ちん出して。菜々美の気が変わっちゃわないうちに」

「あ、あ……」

西浦はもう菜々美の言いなりだ。そそくさとズボンと下着を脱ぎ、隆起したペニスを露出させる。

「ほら、もっとこっちに寄って」

すっかり女王様の仕草で、菜々美は二人の男を並ばせた。

目の前にふたつのペニスが並び、それぞれの形の違いを見せつけてくる。

(あぁ……こんなの、普通の女の子がしていいことじゃないのに)

こんな男のものを品定めするような状況に、くらくらしながらも満足する。

(この身体で、男の子を好き放題するって決めたんだから……)

愚直な男子生徒二人を前に、菜々美は愉快な笑みを浮かべる。

「田村くんのほうが太いねぇ」

「う……」

田村が恥ずかしそうに、肉竿をピクンとさせた。

「でも、長さは西浦くんのほうが上」

「そんな、比べるみたいに……言わないでよ」

「比べたいんだもん」

菜々美は残酷に言ってしまうと、左の手で田村の、右の手で西浦の熱棒を握った。

「お味はどうかなあ」

西浦のひくひく震える先端に舌を寄せ、ぺろりと舐める。

「うあっ……」

「んぅ……田村くんのほうが、汗の味が濃いかな」

ペニスを咥えられた西浦は、もう不満もこぼせない。ただもごもごと唇をうごめかせ、彼女の愛撫に身を任せてしまう。

上下の唇で亀頭を挟み込んで口腔に招き入れ、舌を躍らせる。そうしている間、田村のペニスを握った手もかすかに動かしつづけた。

「な、菜々美、俺のチ×ポも舐めて」

「いいよ、田村くん」

「ああっ……」

言われてあっさりと田村に鞍替えする。彼の太いペニスを咥え、西浦の肉茎は手でしごくだけに切り替えた。

田村の口からは法悦の声が、西浦からは切なそうな吐息がこぼれる。

(二人とも、菜々美にすっかり夢中なんだから)

ヴァギナがゾクゾクする。しゃがみ込んだ菜々美のスカートの中のショーツが愛液で湿り、クリトリスが痛いほど尖った。

（これからもっとすごいことをするの……）

そうして田村と西浦のペニスを交互に舐めるのを繰り返し、少年二人をさんざん焦らしたあと、射精させることなく菜々美は立ち上がった。

「二人とも、いっしょに楽しませてあげる」

田村はすぐに、菜々美の言いたいことを察したようだった。西浦のほうはよくわからない様子で狼狽している。

そんなさまざまな反応を楽しみながら、菜々美はスカートのホックを外して腰から引き抜いた。

そのまま濡れた下着もゆっくりずりおろし、少年たちの前に裸の下半身を晒す。

「そうだなあ、どんな格好がいいかなあ……」

悩むふりをして二人を焦らしていたぶる。悪女の仕草をするのはとても興奮する。

「そうだ……西浦くん、床にごろんってして。仰向けで」

菜々美がなにをしようとしているのか理解はできなくても、従うしかない。少年はゆっくりと言われるままになった。

「いい子だね……ほら」

「あぁっ……！」

菜々美はその上に覆い被さって、濡れた膣穴をペニスの先端にあてがった。

「早くずぶずぶ～ってしたいよね？」

「し、したい」

「なら言って」

「な……菜々美のオマ×コ、チ×ポでズブズブしたい！」

「はぁい、よく言えました」

「あぁっ！」

菜々美は遠慮なく腰を落とした。彼女の自重で肉竿が蜜肉に沈み込み、粘膜同士がねっちりと絡み合った。

（はぁっ……やっぱり、西浦くんのおち×ちんは長い……！）

すぐに亀頭が子宮の入り口に当たる。その刺激に震えて膝を崩しそうになりながらも、しっかり自分をセーブする。

「はぁ……田村くん……」

「うん……菜々美、いいんだな！」

「いいよ、ほらっ……あぁぁあぁっ」

許可を出すなり、田村が背後から菜々美の腰を摑んだ。そして尻肉を左右に割り開くと、むき出しになったアヌスに亀頭をめり込ませた。

「あぐぅうっ……うぅ、うくぅうぅぅ〜っ」

「嘘だろ……そんな、田村……菜々美……」

「嘘じゃないっ……菜々美のケツは、俺が開発したんだ！　俺のチ×ポで拡げたんだっ……はぁっ！」

二輪差しにされたことに衝撃を受けながら、西浦は自分の上で美少女が苦悶混じりの快感に身をくねらせる姿に魅了されていた。

菜々美の膣穴の中でペニスがさらに硬くなり、無意識のうちに少年の細い腰が動きだす。下から突き上げるように尻を浮かせていた。

田村も律動を始めていた。菜々美のきつい肛門を、太いペニスでこじ開けていく。

「あふぅっ、ふぁっ、あぁんっ……あひ、お、おま×こも、お尻の穴もいいっ」

膣穴と直腸の中で、それぞれ得手勝手に肉茎が動いているのがわかる。ふたつが別々の衝撃を生んで、菜々美の粘膜と頭をめちゃくちゃにしていく。

そして菜々美が乱れれば乱れるほど、それは男たちにも伝播《でんぱ》していく。

「菜々美、菜々美……」

「もうイキそうだ、菜々美っ……」

菜々美を呼ぶ声が、求める声が耳に心地よい。

「いいよ……イッて……菜々美もイクッ、二つの穴でいっしょにイクゥッ！」

「あぁ……出す、出る、うくぅぅっ」

「菜々美っ、あっ、あぁあっ！」

「ッッッあぁあぁっ、あぁっ、あぁあぁあぁあぁーっ！」

膣粘膜と腸壁が、同時に熱精で焼かれた。二本のペニスがドクンと脈打って、菜々美の中に白濁を注ぎ込んでいく。

「あッ、あぁっ、焼けちゃう、お尻もおま×こも焼けちゃうぅぅぅっ」

熱さは下半身から背筋を通って、菜々美の脳を突き抜けた。気持ちのいい衝撃が全身を串刺しにして、激しい痙攣をもたらしていく。

「あはぁっ、はぁっ、はぁ、はあぁあぁあっ……」

「くぅっ、ケツ穴が締まる……！」

「ま、マ×コも震えてるっ」

菜々美の呼吸ひとつ、震えひとつに彼らは過敏に反応する。彼女の中に突き入れた肉茎は、硬いままだった。

（あぁ……まだまだ、たくさん楽しめそう）

破滅混じりの快感にうっとりする。

「二人とも……まだ、元気だね」

菜々美は崩れ落ちそうになる身体を踏ん張らせ、少年たちへ妖艶に微笑んだ。

田村と西浦は、同時に喉を鳴らした……。

第四章　発情した小悪魔

1

「常磐さん、最近はすっかり元気になったみたいだね」

学校での休み時間に、久しぶりに生徒会長——遠野礼一が菜々美を訪ねてきた。

わざわざ下級生の教室までやってきた彼に、他の生徒たちも驚きの目を向けている。

菜々美もまさか、彼が自分からやってくるとは思わなかった。

「はい、おかげさまで」

しかしそれを顔には出さず、以前の菜々美のように冷静な受け答えをする。

「なら、よかった。今、ちょっとだけいいかな」

遠野は周りの視線など気にせず、菜々美を立ち上がるように促した。

菜々美が応じると廊下に連れ出し、あたりの興味津々な視線をさらに増長させるように彼女に顔を近づけた。

「今日……放課後、時間ある？」

「えっ？」

「話したいことがあるんだ。古い部活棟を開けておくから、来てほしい」

「いい……ですけど」

(遠野先輩が、自分から誘いをかけてくるなんて。でも……用事って)

菜々美の直感が告げている。これは彼女に恋慕や憧憬を向ける男の顔つきではない。

彼の気持ちが読めずに焦ってしまう。

「それじゃあ、待ってるからね」

遠野はそれだけ言うと、すぐに立ち去った。

菜々美は久しぶりに困惑の気持ちで彼の背中を見つめる。

(……田村くんと西浦くんに、今日は中止って言わなきゃ)

黙って彼らを待ちぼうけさせるのも楽しいかもしれない。

(でも……そうだ、遠野先輩に呼ばれたのって言ってあげようかな)

ただ二人を解散させるだけではつまらない。嫉妬を煽ってやきもきさせ、より菜々美のことを意識させるのだ。

当惑の中にあっても、彼らをもてあそぶ算段も忘れなかった。


「やあ、常磐さん。わざわざ呼んでごめんね」

「いいえ、謝ることなんて」

放課後、菜々美は約束どおりに、学校の旧部室棟へ向かった。新しいものが学校の敷地内にできたので、こちらは取り壊しを待つだけの古びた建物だ。

ふだんは施錠されているそこは、遠野の言ったように本当に鍵が開いていた。

中に入るとすぐに遠野が待っていて、菜々美を個室のひとつへ呼び込む。

(なにが目的なの？)

いぶかしく思いながらも、促《うなが》されたとおりに用意されたパイプ椅子へ腰かけた。

対面する形で彼も腰かけ、菜々美と向き合う。

「実は、ちょっと気になる噂を耳にしたんだ」

「……え？」

そして、遠野生徒会長の口から出た言葉は、まったく予想していないものだった。

「近頃放課後の空き教室から変な声が聞こえる……という話があって」

(……まさか)

「それが気になって、僕が直接確認しにいった」

「あ……」

思わず菜々美の口から小さな悲鳴が漏れていた。喉がキュッと詰まって呼吸がしづらくなった。

(まさか、バレるなんて……!)

それも生徒会長に見つかるなんて、失策どころの話ではない。

「常磐さん。まさかと思うけど……自分から望んであんなことをしているの?」

(……落ち着いてっ!)

菜々美はグッと唾を飲み込み、すぐに衝動的な答えをしないように自分を抑えつけた。焦ってはいけない。目の前の男の出方を見るのだ。

「いや、質問が悪かった。僕が聞きたいのは……あの男子生徒ふたりに、脅されたりしているのかってこと」

「そ……それは」

遠野の視線はまっすぐだ。菜々美を責めるような色はないが、真剣にこちらの反応を見ている。

(待って、菜々美……大丈夫)

彼は菜々美を悪と決めつけているのではない。ただ学園の風紀を紊《みだ》す者、その原因を突きつめようとしているにすぎない。

必死に思考を巡らせる。この場をくぐり抜けるにはどうすればいいか。

「……せ、先輩」

そして考え抜いた末に、震えながら口を開いた。

「先輩に、知られてたなんて」

そしてそっと目を伏せ、渾身の演技で目尻から涙をこぼさせた。

「常磐さん……」

それを見た遠野は驚き、菜々美の言葉の続きを待っている。それを理解すると、菜々美はうんと間を開けた。静かに涙をこぼす彼女の喉から漏れる嗚咽だけが、二人きりの部室棟に鳴り響く。

「先輩……それは、私を、助けてくれるってことですか」

その言葉に遠野はさらに驚いたようだった。だがすぐに眉根をきっと寄せ、険しい顔を作ってくる。

「やっぱり……君は、望んでしてるわけじゃないんだね」

「……はい」

頷《うなず》いた瞬間、遠野の瞳に正義の光が宿ったのを、菜々美は見逃さなかった。

（この人……田村くんや西浦くんとは、違う意味で……）

「おかしいって思ってたんだ。あの常磐さんが、あんなことを自分からするわけがない。理由があるんだね」

彼の中で義憤がめらめらと燃えるのが手に取るようにわかる。

洞察力に優れた菜々美は、この男がまっすぐすぎる正義感の持ち主であることを見抜いた。

（私を問いつめたいんじゃない。男の子たちを疑って怒ってるんだ）

――常磐菜々美のような清廉潔白な女子が、あんな破廉恥な校則違反に及ぶわけがない。なにか理由があり、その理由とはおそらく相手の男子生徒たちに由来するものだろう……そんなふうに考えている。

（なんとか、できるかも……）

遠野にことが露見したと知ったときこそ動揺したが、彼が菜々美を疑っていないというならやりようはある。

だが、いきなり寄りかかって大嘘をつくのは禁物だ。両親だの、警察だのと騒がれてしまっては菜々美の楽しみが台無しになる。

「でも！　でも……その、ちょっと……言いにくいことで」

「ああ……無理に聞き出そうとは思わない。でも、学校であんなことが起きているのは、見逃すことができないから」

「わかってます……でも、でも……本当に言えないんです」

「言わなくていい。ただ、どう対処するかを考えよう」

「先輩……」

立ち上がって菜々美の傍に近づいた遠野を、菜々美は涙に濡れた瞳で見上げた。

「このこと……誰にも言わないでくれますか？」

「もちろんだよ。君を傷つけることは絶対しない」

「ああ！」

——最良のタイミングを伺って、菜々美は遠野の胸板にひしと抱きついた。

「常磐さん」

予想とおり、遠野はそれを拒絶しなかった。それどころか彼女の肩にそっと手を回し、優しく撫でてくる。

「私、ようやく助けてもらえるんですね」

「ああ、君のことは……僕が助ける。絶対に」

「先輩、先輩……先輩……」

(待っててよ、遠野先輩……あなたも菜々美の虜にしてあげる)

表向きは涙を流しながら、菜々美は心の中で舌舐めずりをした。

2

「菜々美……遠野先輩に呼び出されたって、本当なのか」

西浦のハラハラした様子に、菜々美は意地悪く、しかし可憐に笑うのをやめられなかった。

遠野生徒会長にバレているとあっては、もう空き教室は使えない。田村には我慢を言いつけて、共働きの西浦の家で対面していた。

(ここに田村くんも呼んじゃおうかなあ)

ついこの間までただのクラスメイトだった、純情な少年の家に別の少年を呼びつけ、三人で淫らな行為に浸《ひた》る……想像するだけで全身の感度が上がるようだった。

そんな邪淫な思考に浸れるくらいには、もう今後の算段はついている。

「うん。先輩に、西浦くんたちとしてることがバレちゃった」

「え……！」

少年の身体がこわばった。かすかに期待の滲んでいた顔が一気に凍りつき、菜々美の次の言葉を恐れながら待っている。

「空き教室でエッチしてるの、先輩が直接見ちゃったんだって」

「そ……そんな、それじゃあ」

「うーん、困ったよねぇ」

「困ったとか、そういう話じゃ……！」

菜々美は少年をもてあそんだ。もはや性的な願望など消え失せた西浦は、自分や菜々美の今後を案じて気が気でないようだった。

「慌てちゃって。情けないなぁ」

「あ……ま、待って、菜々美、今は、そんなことしてる場合じゃ」

「そんなこと？　これ以上に大事なことってある？」

今や女子中学生とは思えない妖気と淫らさをまとった少女は、西浦の身体を服越しに撫で上げた。制服のスクールシャツの下にある敏感な肌や乳首を菜々美の指という箒《ほうき》で掃《は》くと、すぐに大きくなっていく股間を強めに握った。

「ああうっ」

「ねぇ、学校とか、親にまで……私たちのこと、バラされちゃったら困るよね」

「それは……な、菜々美だって困るだろ」

「うん。でもね、私、切り抜ける方法を思いついたんだぁ」

「そんな……どうやって……うぁっ」

制服を着ていても、激しい隆起のせいでペニスの形がわかる。細長い竿を何度も手のひらで抱きしめ、西浦の思考を奪っていく。

「西浦くんにも協力してほしいの」

そう言って、彼の耳元で田村にも話した計画を囁《ささや》く。西浦は荒い呼吸をこぼしながらも、すぐには頷きかねるようだった。

「……そんなことして、うまくいかなかったら」

「このまま待ってても、どうせうまくいかないよ」

「で、でも……な、菜々美が」

「菜々美が、これ以上他の男の子とエッチするのイヤ?」

一気に核心を突いてやる。西浦の喉がキュッと詰まるのがわかった。

「それに……先輩を、騙《だま》すのは……」

「ふん、意気地なし」

そう言って、菜々美は西浦の肉茎から手を離した。彼の口から惜しそうな声がこぼれたことを笑いながら、ゆっくりと自分の制服を脱いでいく。

セーラー服の上を、肌を晒すことにまったく頓着のない様子で脱ぎ、可愛らしいサイズのブラもすぐに外す。

発育途上の乳房が露《あらわ》になり、少年の瞳はそこに釘づけになった。

「協力してくれないっていうなら、もう二度と西浦くんとエッチなことしない」

「そんな！」

「もう、菜々美のおっぱいも触れないよ？」

「う……」

「おち×ちんだって、しごいてあげないよ」

「や、やめてよ……」

「おま×こだって、味わえなくなっちゃうんだから」

言えば言うほど、西浦の顔には絶望と欲望がみなぎっていった。

（ふふっ！　女の子って楽しい）

ここまで人をいいようにできる快悦は、女性でなければ味わえない。

「ほら、ここが好きなんだよねぇ」

菜々美は西浦のベッドに乗り上げて体育座りになった。

スカートをまくり上げてショーツを露出させ、さらにはそのクロッチの部分をぺろりと指でずらしてみせる。

かすかに湿った秘唇が、彼の視界に入っている。西浦はそれを見るとへなへなと崩れ落ちて膝立ちになり、命じてもいないのにズボンを脱いでペニスを露出させた。

「やる……菜々美の言われたとおりにする」

「そう。最初からそう言っておけばいいの」

「ああっ！」

菜々美は床にひざまずく西浦の勃起を、紺のハイソックスを身につけたままの右足で捕えた。靴下の布地に、先走り汁が滲んでくる感触がある。

「おち×ちん濡れてる」

「う……う、うん」

「今日はこのまましごいてあげるから」

「このまま、って……うあっ」

菜々美は器用に足を上下させだした。靴下越しの足の親指と人差し指をうごめかせ、亀頭をさすっていく。

(足コキなんて初めてだけど……これならうまくできそう)

この少女の身体に、できないことなんてない。

「ふふ、足でされても気持ちいいんだ」

その証拠に、西浦の肉茎はどんどん上を向いていく。

足の指で先端をいじめるのに飽きると、もう片足を添えて土踏まずでペニスを挟み込んだ。ゆっくりと上下させ、細長い男根を追いつめていく。

「菜々美の足、いい？　おち×ちん、イッちゃいそう？」

「う……くぅぅ、い、イキそうだ……」

「イキそうです、って……敬語で言ってみて？」

「イキ……そう、です」

菜々美の背筋とヴァギナが愉悦に震えた。

(これも、先輩を虜にするための訓練……)

西浦を従えられないようでは、彼は堕落させられない。従順な下僕を作り、自分にも女王様の自覚を与えていくのだ。

「そう、じゃあイッていいよ。ほらっ」

「あぁっ！　い、イクッ」

許可を出した瞬間に、西浦のペニス足の裏で強く踏みつけた。

その衝撃で少年は一気に絶頂に昇りつめ、肉茎の先端から勢いよく白濁が飛び散った。びゅぶ、びゅぶ、と音が立ちそうなほど激しい射精。放出された粘液が、菜々美の足やふくらはぎを汚した。

（あぁ……足で男の子を、イカせられるようになっちゃった。どんどんいやらしくなるね、菜々美……）

内なる自分に語りかける。この少女をどんどん淫らな女帝に育て上げていくのはたまらない。

「ふふ、菜々美の足がべとべとになっちゃった」

「ご、ごめ……あぁっ！」

湿ったソックスを、それでもうごめかす。射精したばかりで張りつめる肉茎を、ぐりぐりと連続でいじめていく。

「だ、ダメ、まだ……したくなるから……」

「したくなるって、なにを？」

「せ……セックス……」

「じゃあ、お願いの仕方があるよね？」

少しずつ妖艶な自信に満ちていく菜々美に、もう西浦は逆らえない。欲望を人質に取られた少年は、固唾を飲み込んでから口を開いた。

「菜々美……セックス、させてください」

「うーん、どうしようかなぁ」

「お、お願いしますっ」

すがりついてくる彼を小鳥のさえずりのような声で笑いながら、菜々美は頷いた。

「いいよ……今日は、お尻でしよっか」

彼女の言葉に西浦は驚いたようだった。彼にアナルセックスをさせるのは初めてのことだ。

「菜々美、お尻もすごいんだから。田村くんはおま×こと同じくらい……ううん、それ以上に好きって言って、いつも犯すんだよ？」

「く、くうっ」

嫉妬心を煽られ、西浦は菜々美に飛びついた。菜々美もそれを咎《とが》めることはせず、ゆっくりとベッドの上で四つん這いになる。

すぐ西浦の腕が腰に回り、菜々美の柔らかな肛門にペニスの先があてがわれた。

「ちゃんとおま×こ汁をぬりぬりして、痛くないようにしてね？」

「う……く」

西浦は焦れったそうに、言われたとおりにした。亀頭で菜々美の秘裂から溢れる汁をすくい取り、それをアヌスの皺に塗り込んでいくようにする。

「い、いくぞ……くぅっ」

「あぁ……あぁっ！　あぁぁあぁぁあんっ！」

太く硬いものが肛門を拡げ、めり込んでくる感触。直腸をみっちりと満たされる、アヌスを犯されていると実感する瞬間がやってきた。

（あふぅっ……に、西浦くんのおち×ちんっ……お尻でも……長いの、わかるっ……奥まで……！）

野太く詰まった田村とは、また違った挿入感がある。

そんな違いを感じ取っている己の淫乱さに痺れながら、菜々美はふぅっと息を吐いて狭肛でペニスを受け入れていく。

「んくぅっ……お尻、あぁ、お尻気持ちいい……んん～っ……！」

「くはぁっ、き、きつい、マ×コよりきつい……！」

すぐに直腸快楽を得る菜々美と、肛門のきつさに喘ぐ西浦の声が合わさっていく。

「んふ……初めてのお尻セックス、どう……？　嬉しい？　気持ちいい？」

「う……う、嬉しいっ。気持ちいい、すごくいいっ」

「じゃあ……んぅ、もっと、ちゃんと伝えて？」

従順な西浦は、菜々美の言いたいことをすぐに理解した。

「嬉しいです！　菜々美のケツの穴っ……気持ちいいです！」

「うふふっ！　よく言えました……んっ！」

「うあぁあっ……」

キュッとアヌスに力を込めると、少年はたまらず腰を引きそうになった。しかし菜々美が逃さず、ぷりんとした尻を彼の腰に押しつけてペニスを深追いする。

「あぁんっ……！　あぁ、奥まで刺さるぅ……西浦くんのおち×ちん、長いよぉっ」

田村に入れられたときよりも、奥の結腸に響く感覚があった。

(男の子が多ければ多いほど、こうやって……違いを確かめられるんだ)

西浦には見えぬように舌舐めずりをする。近いうちに遠野のペニスだってコレクションしてやるのだ。

その野望は菜々美を燃え上がらせ、肉体の感度をさらに鋭くした。

「あいひぃっ……お尻エッチ、いいっ……いい、菜々美もイキそうっ」

「俺も……あぁ、また出そう……で、出ます、菜々美、出ますっ」

「いいよっ……お尻で出して、お尻のナカに出してぇっ、あぁあぁあっ！」

言いながら菜々美がまた肛門をきつくこじると、西浦の喉から法悦の声があがった。

「あぁぁああっっ！　いッ、イク、イクぅぅうぅぅーっ！」

同時に菜々美も結腸付近で感じる深いアクメを得る。そのさなかに精液が注がれ、さらにもう一度絶頂を迎える。

「ひぃ、ひぃっ、ひあぁあぁあぁっ……！」

「くぁぁ……うぁあぁっ……」

動物のうめきのような声をこぼしながら、菜々美と西浦は二人でベッドに崩れ落ちた。だがペニスは、菜々美の直腸の中でまだ硬いままだ。

（ふふ……今日も、あと二、三回は楽しめそう……）

女体快楽はいくら得ても飽きるということがない。菜々美は崩れた膝を立て直すと、西浦の精を搾りつくそうとまたアヌスに力を込めた。

「先輩、こっちです」

数日後、菜々美は計画を実行に移した。

例のことで話をする決心がついた——そう告げて、遠野生徒会長を菜々美の自宅と偽って西浦の家に誘い込む算段だ。

「確か君って、ニュータウンのほうに住んでると思ってたけど……」

「そうですか？　誰が言ったんだろう」

菜々美はわざとらしくとぼけてみせた。遠野はそんな菜々美をいぶかしく思うも、彼を頼って話をしたいと言っている少女を信じるしかないようだった。

「ここです」

賃貸マンションの一室。すでに菜々美は何度も門をくぐった西浦の自宅の扉の前に遠野を招く。

（……大丈夫。二人は中にいる）

田村と西浦にも作戦はきちんと伝えてある。しくじることはない。

「開けます」

そう言って玄関ドアを開き、菜々美だけ先にさっと入ってしまう。それを追いかけて遠野が足を踏み入れると、すぐさま背後に陣取って扉を鍵ごと閉めた。

「え……君は……うぐっ！」

そして遠野が目の前にいる西浦に目を丸くした瞬間に、玄関から入ってすぐにある洗面所に隠れていた田村が彼を羽交《はが》い締めにした。

「うくっ……くぅっ……！」

「田村くん、力を入れすぎないでね」

菜々美の言葉に、田村は必死の顔でこくこく頷いた。

まったく状況が摑めない様子の遠野を、そのまま西浦の部屋まで連れていく。

「は、離せっ……離せっ」

遠野はもがいたが、相手は恰幅のよすぎる田村だ。いくら先輩といえどすぐには振りほどけない。導かれるままに西浦の部屋のベッドの前に立たされてしまう。

菜々美はそんな彼らを涼しい顔で見ながら、ゆっくりとベッドに腰かけた。

女王様の態度で足を組み、羽交い締めにされてもがく遠野を眺める。

やがて絹のようなセミロングヘアをさらりと払うと、気まずい顔をした西浦を手招きする。

「さ、西浦くん。いつもみたいなことしよ？　先輩にも見せてあげるの」

「う、うん……」

「もう、違うでしょ？」

「は……はい」

言い直した西浦は、いつものようにズボンと下着をひとまとめに脱ぎ、菜々美の前に隆起したペニスを露出させた。

「ふ、二人とも……ぐうっ、なにを……」

遠野は彼女たちを信じられないという顔で見る。菜々美はそれを心地よく思いながら、ゆっくりと自分の身体の右側に差し出された肉茎を手で握った。

「……！」

その瞬間、遠野がさらに目を見開いた。

（ふふ……混乱してる、可愛いね……先輩）

女子の憧れの的。学園の模範生。そんな彼が自分の仕草ひとつひとつに狼狽《ろうばい》するのはとても気分がいい。

「ほぉーら、いつもの気持ちいいの、しこしこ、しこしこって」

西浦の細身のペニスを、指で作った輪に通す。濡れた先端から根元まで一気に通り抜け、少年の身体が震えるのを確認すると今度は逆に撫で上げる。

「くぅ、気持ちいい」

「でしょ、菜々美の手でおち×ちんしごかれるの、最高だよね」

「あぁ……さ、最高ですっ」

身動きが取れない遠野の後ろで、田村が口惜しそうな顔をする。菜々美はそれを見るとくすりと笑って、しごく手を止めないままに声をかける。

「もう、田村くんもそんな顔しないで。ちゃんとあとでご褒美をあげるから」

「ほ、本当に？」

「うん、本当。菜々美が嘘ついたことなんてあった？」

「な……ない」

「だよね。いつも最後には、すっごく気持ちいいこと……してあげるもんね」

言いながら肉茎を締めつける指を狭くして、亀頭を重点的にしごき上げた。

たまらず西浦の腰が引くのを、菜々美はもう片方の手で彼の尻を叩いて制した。

「だーめ、菜々美が楽しくしてるんだから、逃げるのはダメ」

「はい……に、逃げません」

快楽でもぞもぞしてしまう下半身をこらえ、菜々美の前に突き出してくる。

「――いったいどういうことなんだ、常盤さん！　君は僕に助けてほしいって言ったじゃないか。言えない事情があるって……」

ついに混乱を破り、遠野が叫ぶように言った。

「うん。言えなかったの。だってあんなところで、私がエッチなこと大好きな淫乱だなんて言ったら……先輩、ショックで倒れちゃうでしょう？」

「そ……そんな」

「西浦くんも田村くんも、私の言いなりなの。空き教室でのことは、私が二人にさせてたの。ねぇ、二人とも」

ペニスをしごかれつづける西浦と、遠野を締めたままの田村が同時に頷いた。

目の前の現実を受け入れだしたのか、遠野の顔には絶望が浮かんだ。

「先輩が菜々美のことを好きなのなんて、お見通しなんだから。女子にちやほやされてたから、自分になびかない私のことが気になってしょうがなかったんでしょ」

言ってやると、遠野は黙り込んだ。図星だ。

「私がこんな女だって知って、幻滅した？　……でも」

ことはなんでも菜々美の思いどおりに運ぶ。彼女は白い指をそっと西浦のペニスから離した。

そして遠野の下半身を、つ、と指さす。

「先輩、大きくなってるね」

「く……！」

西浦と田村も遠野を注視した。正義感の強い生徒会長のペニスは、あろうことか目の前の少女の痴態に隆起していた。

「いい子にしてたら、順番に気持ちよくしてあげるから……待っててね」

「あぁっ！」

蜜のねばりのある声で告げると、なんの前置きもなく西浦の熱竿を強く握った。そのまま痛いくらいの力でしごき上げ、あっという間に射精まで追い込んでいく。

「菜々美……くはぁっ」

「あぁっ……あふ、ふふっ」

少年の鈴口から精汁が噴きだす。菜々美はそれを先端を覆うようにした手のひらで受け止めると、絡みついた白濁を遠野に見せつけるようにして手を開いた。

「見て、先輩。菜々美は手だけで、男の子をこんなに気持ちよくできちゃうの」

遠野の締め上げられた喉がぐうっと動く。

「……わかった」

そして諦めたように顔を伏せると、生徒会長はぼそりとつぶやいた。

「言うとおりにするから……離してくれ」

「ん、田村くん。離してあげて」

菜々美に言われたとおりに田村が腕を緩める。しかしその隙をつき、遠野が大きく身を振ってもがいた。

「あっ、待てっ」

慌てて田村が彼の襟首を摑《つか》む。

菜々美は慌てず静かに立ち上がると、田村に引き留められている彼の背中にそっと抱きついた。

「悪あがきしないで」

「く……くう……卑怯だぞ、君は」

——この真面目で正義感の強い男は、女子生徒に乱暴するなんてことはできない。

菜々美が近づいたとなるとすぐに動けなくなり、身体を緊張させたまま立ち尽くしてしまう。

それをしっかり理解して、妖艶な少女は先輩の身体をまさぐった。

制服、学ランのボタンを少しだけ外し、その隙間から手を入れてシャツ越しの胸板をまさぐる。

「先輩って、身体ががっしりしてる」

「う……く」

「どこかな、どこかなぁ……あっ、あった」

「うくぁっ……！」

シャツの上から乳首を探り当て、そこをなめらかに整えられた爪の先でカリカリとくすぐった。

「あれ……もしかして先輩、乳首が気持ちいいの？」

「……っ」

「生徒会長なのに、ここがいいんだ。もしかして、自分でいじったこともあるの？」

「な、ない……そんなことはしないっ」

「どうかなぁ」

言いながら手を止めず、少しずつ隆起しだした乳首を今度は指でつまんだ。きゅっ、きゅっ、親指と人差し指で圧迫するのを繰り返し、どんどん充血させていく。

(男の人もここで感じるっていうの、菜々美はちゃんと知ってるんだから)

それにしても遠野の感度は高かった。声こそこぼさないが、乳首の充血具合と肌の粟立ちから、性感への弱さが感じ取れる。

(これは……思ったよりもちょろいかも)

菜々美は心の中で舌を出す。

「ほら先輩、下も苦しいでしょ？　脱ぎぬぎしちゃって、楽になりましょうね」

「ああっ……や、やめろ。こんなことはするべきじゃない」

「こんなに勃起してるのに？」

「くっ……やめてくれ。やっぱりダメだ、こんな……」

「菜々美で興奮してるのに？」

「う……！」

遠野の抵抗は口先だけだった。菜々美がズボンのベルトに手をかけても、大きな手がそわそわと動くだけで止めてこない。

「ほら、二人とも。お願い」

ズボンを脱がせて下着を露出させたところで、田村と西浦に合図をする。

二人は用意していたスマートフォンで、遠野と菜々美の映り込んだ写真を撮影していく。

「待て、撮るなっ」

無慈悲な電子シャッター音が響いていく。それを境に遠野は再び暴れたが、やはり菜々美を振りほどくことはできない。

「ねぇ先輩……この写真がばらまかれたら、もう最後までしても、しなくても、誰も先輩のことなんて信じないですよ」

「く……」

「私に無理やりエッチなことされた……なんて言い訳しても、誰が信じるかなぁ。こういうのって、男の人が絶対に疑われるよね」

下着の上から、ゆっくりと生徒会長の勃起を撫でていく。

「こんな姿でいるんだから、絶対やることやっちゃったんだ、ってみんな思う。絶対そうとしか考えない……」

「う……常磐さん、君は……」

「なら……本当に最後まで、気持ちいいことしちゃったほうがいいでしょう?」

「あぁっ!」

下着越しに肉竿を握りしめると、ついに遠野は折れた。抵抗の意志が身体から抜け落ちたのが、しっかりとわかった。

「ふふ、先輩……いい子ですね。ほら、脱いで……あっ!」

軽く握ったときから予感はしていたが、ボクサータイプの下着を脱がした瞬間に菜々美は思わず息を呑んだ。彼女だけではない。田村も西浦も呼吸を止めた。

遠野のペニスは驚くほど大きかった。太さも長さも、今までの二人の比ではない。

「すごぉい！　生徒会長って、ここも立派なんだぁ」

驚きながらもわざとらしい言葉で褒めると、遠野は悔しそうに身を縮こまらせた。

（本当に大きい、太い、熱い……！　これが今から、菜々美の中に……！）

興奮しながらもそれを悟られないように、菜々美はその立派なものにそっと触れる。

「これを、女の子の中に入れたことはあるの？」

遠野はぶんぶんと頭を横に振った。

「じゃあ、初めてなんですね」

「……っ」

今度は苦しそうに頷く。

（あぁ……これで、三人目の男の子の初めて、もらっちゃうんだ……）

震える。この少女の肉体に、さらに経験を積ませるのだ。

「先輩……ほら、仰向けになって」

もう遠野は従うしかない。言われたとおりにベッドに仰向けになり、恥ずかしそうに両腕で顔を覆った。

「んっ……しょ」

「あっ……！」

菜々美はあっさりとスカートとショーツを脱ぎ捨てると、そんな彼の下腹に背と尻を向けた状態で乗り上げた。

形のよい尻と濡れた秘唇でペニスを捕らえ、そのままゆっくり腰を揺すった。

「んっ……あぁ、大きいおち×ちん、感じる……」

ぬちっ、ぬちっ、と音がする。竿肌とぬるぬるしたクレヴァスが触れ合っている。

「うぁ……あぁぁ……」

生まれて初めての経験に、遠野の口からうわごとめいた声がこぼれている。

彼の剛直にまんべんなく愛液をまぶすと、肉竿を尻の谷間にすっと添わせてゆっくり尻を振る。

「と、常磐さん……あぁっ……」

粘液のぬめりと柔らかな肌と、ヒクつく肛門の感触に遠野が震える。

(どう？　菜々美のお尻はなかなかでしょ)

訊《たず》ねはしないが、身体の反応で、彼が菜々美のたわわな尻や秘裂の感触に夢中になっていることは明白だった。

(あぁ、熱い……こんなぶっといおち×ちん、お尻でしごいちゃってる……)

菜々美はしばらく尻肉で彼のペニスを愛撫するのを楽しんだ。

しかしやがて遠野が上体を起こして、こわごわと菜々美の腰に触れた。

「もうダメだっ……耐えられない、い、入れさせてくれ！」

「……ふふふっ！」

遠野のうめき声に、菜々美の唇から妖しい笑いがこぼれた。

こんな立派なペニスを持つ生徒会長が、少女の尻ひとつで降参。その事実に愉悦を得て、菜々美の膣肉はねっとりと湿り気を増した。

「んふ……ふふ、じゃあ……ちょっと待ってくださいね」

言うと、菜々美は思わせぶりに腰を持ち上げた。

「あぁ、入っちゃいそう……」

そして遠野の立派な亀頭を膣口にくちゅりとあてがったかと思うと、わざとらしく身体をずらして逃した。

「う、うぅ……」

「あん……先輩の、大きいから、うまく入らないかも……」

そんなのは嘘で、菜々美は意図的に彼を焦らしている。

ちらりと振り返って遠野の顔を見ると、とても生徒会長とは思えない色欲に溺れきった凄まじい表情になっていた。

もう彼の頭の中は、目の前の少女の肉穴を貫くことでいっぱいだ。

「んふっ、こうやって……このまま、腰を落とせばぁ」

「ああ、ああ……」

「あんっ、ずれちゃったぁ」

また秘唇で彼を捕らえたかと思うと、わざとらしくヌルリと音を立てて目当ての穴から滑らせる。

遠野の口からは、荒い呼吸となんとも惜しそうなうめき声が漏れている。

(男の子って、みんないっしょなんだから。菜々美のおま×こに入れたくて……エッチのときは、一気におバカになっちゃうの)

でも、相手がこんな妖艶な美少女ともなれば仕方のないことだ。菜々美が魅力的すぎるのがいけない……そう思えば思うほど、彼女は己の持つ魔性に興奮した。

「お願いだ、常磐さん……本当に、入れさせて……」

「もう、先輩ったら。情けない声あげちゃって」

くすくす笑うと、遠野は悔しそうに黙った。

だが無理やり行為に及ぶようなことはしない。彼の女性へ対するスタンスもあるだろうが、なによりも目の前の存在に逆らってはいけないと本能でわかっているのだ。

「うん、いいよ。ほぉら……！」

「くあぁっ……」

ついに菜々美は、その巨根に狙いを定めて身体を落とし込んだ。

「うくぅうぅんっ！　入るぅっ、あぁ、あぁぁあぁあっ」

そして主導権は失わないながらも、その今までで一番大きなペニスの挿入感に喘ぎ声をこぼす。

(す、すごぉっ……想像以上っ……おま×この気持ちいいところ、全部一気に押されるぅうぅうっ！)

ぷくぷくとした亀頭笠が膣肉をかき分け、敏感な粘膜やGスポットを一気に擦っていく。

そして擦りながらもあっという間に子宮の入り口まで先端が到達して、ただ挿入しているだけなのに菜々美のポルチオをコンコンと小突いてくる。

「うあぁ、ダメだ、出るっ！」

「あぁあぁあぁっ！」

菜々美がその挿入の激感に震えきるより先に、遠野が限界を迎えた。

極太の肉ホースから音を立てそうな勢いで精汁が噴き出し、少女の蜜穴に熱い白濁をまき散らしていく。

「あひっ！　ひぃいんっ、出てるっ……先輩、出てるぅっ……！」

今までのどれよりも大きなペニスと激しい射精に、菜々美の身体も一気に絶頂に押し上げられた。

（イクッ、中出しでイクッ、生徒会長の中出しで……あぁぁあぁっ！）

膣穴を牡の汁で満たされることの満足と快感が、菜々美の下腹を痙攣させる。膣奥で生まれた甘美な感覚が、背筋を伝って脳まで到達する。

「あはぁっ……はぁっ、はぁ……あんっ！」

どうにかその甘い痺れを飼い慣らし、早漏を笑ってやろうとしたところで、菜々美は再び喘ぐこととなった。遠野が萎え知らずのペニスを肉穴に突き刺したまま、ゆっくりと腰を使いはじめたのだ。

「常磐さん、常磐さんっ……」

「あはぁあん、あぁダメ、もう、めっ、あんっ、あっ、あん……！」

巨根で突かれる快楽には、さすがの女王様も震えてしまう。居丈高《いたけだか》な女帝から、牝愉悦をむさぼる淫乱にスイッチしてしまいそうになる。

「あはっ、あぁんっ、あっ、あっ、あんっ、気持ちいいっ、先輩のでかち×ぽ、気持ちいいっ！　すごくいいっ」

だが我を忘れる菜々美を見て、彼女の前に立つ田村と西浦が焦れったそうな顔をするのを見て、男の上に立つ女としての矜持もよみがえってくる。

「すげぇ……菜々美、エロい顔してる」

「と、遠野先輩のチ×ポが、そんなにいいのか……」

（あぁ、二人とも……もっと菜々美のエッチな顔、見て……！）

下から突かれ揺らされながらの淫ら顔を、男二人に見せつけるように持ち上げる。

「んんっ……先輩のち×ぽ、すごいよぉっ……あひ、あぁ、今までで一番……」

菜々美がそう言った瞬間、二人が悔《くや》しそうにするのがわかる。

（ああ、おち×ぽでおま×こが気持ちよくって、二人の顔も気持ちよくって……すごい、どうにかなっちゃいそう）

牝の喜びと、女王の愉悦を同時に味わうことができるこの瞬間は、菜々美にとって至高といえた。

「と、常磐さん、顔を見せて」

そしてそんな二人の反応を見てか、遠野が腰を使いながらも懇願してくる。

「ふふっ……んっ、だーめっ」

菜々美はそれを拒否した。彼もしっかり躾けなければならない。

「私がどんな顔で先輩のでかち×ぽ受け入れてるのか……想像しながらイクんだよっ……感じてる顔は、また今度……ね？」

「く、くぅっ」

遠野は少女の思惑どおりに動いた。悔しさで律動を速め、膣肉を擦るペースを上げていく。

（おま×この中がぐちゃぐちゃになっちゃうっ）

竿肌と蜜肉が擦れ合う快感が、再び菜々美を絶頂へと導きだしていた。

「と、常磐さん、出そうだ……出る、出る……！」

「あぁいいよぉっ、菜々美の子宮に先輩の精液をぶっかけてぇっ。菜々美もイク、先輩のち×ぽでイクゥッ、あっ、あっ、あぁあぁあぁあぁあぁあっ！」

菜々美の膣穴が快楽でキュウッとこじれると同時に、また激しい勢いで熱精が迸《ほとばし》った。まるで子宮を殴りつけるかのような射精だった。

（あひ……あぁ、あぁぁ……おま×こ……子宮の中まで、どろどろ……）

膣肉と子宮の痙攣に添うように、遠野のペニスも何度も震えて少しずつ精液を吐き出していく。

「す、すごい……先輩、まだ出てるぅ……」

「うぅぅ……あぁ……」

菜々美の恍惚とした言葉に、遠野生徒会長はうわごとのような声を漏らすだけになっていた。

彼の中で理性や常識といったものが、書き換えられていくのが見えるようだった。

3

「あ、あの、常磐さん……やっぱり、学校でこんなことは……」

ある日の放課後、田村や西浦とさんざん淫行した空き教室に遠野を誘った。

すでに彼女の魅力に堕落しきっている遠野とはいえ、まだ生徒会長としての矜持《きょうじ》は捨てていないのか、学校内での行為には難色を示した。

「じゃあ、もう先輩とはエッチなこと……できないの？」

しかし、そんな矜持など簡単にねじ伏せるのが菜々美だ。教室の前でためらう遠野を振り返り、上目遣いでそっと見つめた。

彼女と肌を重ねることの甘美さを知ってしまった男は、何者であっても逆らえない。

遠野はぐっと喉と言葉を詰まらせた。もう彼の中で結論は出てしまっている。菜々美はあと押しをしてやるだけだ。

「じゃあ、先輩は帰っていいよ。私たちのことはもう放っておいて」

「そういうわけには！」

「そう、じゃあ今日もいっしょに遊んでくれるんだね」

「常盤さん……お願いだから……」

「菜々美って呼んでほしいなぁ」

言いながら菜々美は空き教室の引き戸を開けた。そこには当然、田村と西浦が今か今かという顔で待ち受けていた。

「常磐さん！」

「遊ぶ気がなくて、菜々美って呼んでくれないなら、ばいばい」

「く……」

今日は誘惑ではなく、突き放すことで彼を絡め取る。

遠野生徒会長は結局教室へ入ると、後ろ手で扉を閉めてしまった。

「な……菜々美ちゃん」

「うん、よくできました」

ようやく素直になれた彼に、甘い蜜の響きのある声で囁く。

「先輩も、悪い子の仲間入りだね」

言われて遠野はうつむいたが、背の高い彼の顔は小柄な菜々美が下から覗き込んでしまえば丸見えだ。

(先輩ったら、真っ赤になっちゃって……)

遠野は全身をわなわなと震わせ、耳まで赤くして羞恥に震えていた。

少女、それも後輩の魅力に屈してしまったことにだ。だが、これから起こることへの期待が抑えられない自分がたまらなく恥ずかしいようだった。

(しょうがないよ。こんな可愛い女の子がエッチなことに誘ってくるんだもん、断れる男の人なんていないよね)

生徒会長の顔をトロフィのように眺めてから、菜々美はようやく田村と西浦を振り返った。

「二人とも、床に仰向け。制服は汚したくないなら、脱いじゃったほうがいいかも」

言われて二人はそのとおりにした。下着も靴下も脱ぎ去って全裸になると、命令に従ってリノリウムの床に仰向けになる。

「ほら、先輩も同じふうに。悪い子仲間なんだから」

菜々美に言われ、遠野もうつむきながら従属した。全裸の男が三人、川の字になって菜々美の前に並んでいる。

「あははっ、すごくおかしい……それに、すごくエッチな感じ」

三人の男たちのペニスは、同じように天を仰いでピクピクと痙攣していた。

菜々美は品定めするようにそれらを見つめ、さんざん視線で焦らしたあとにまずは田村の上にまたがった。

「田村くんが最初ね。一番最初に菜々美とエッチした男の子だもんね」

「ああ、ああ……」

「口開けて」

言われて田村は、だぶつく二重顎を強調するように唇を大きく開いた。

「ご褒美をあげるから……ほら」

菜々美はそこ目がけて、馬乗りになった己の口唇から唾液を垂らした。

田村は目を丸くし、けれどもなされていることを理解すると感激に目をつぶってから口腔に垂れてきた甘露を飲み干した。

「じゃあ、次は西浦くんね」

「ま、待って、菜々美……」

喉を鳴らしたのを確認したとたん、あっさりと己の上から退いた菜々美に、田村が口惜しそうな声をあげる。しかし誰も彼女のすることを止められない。

「口をね、あーんって」

田村と同じようにまたがられた西浦は、要望どおりにぽかっと口を開いた。菜々美は舌を転がし、彼の粘膜にも同じように甘い蜜を垂らす。

そして西浦がそれを飲み込んだのを確認すると、これまたあっさりと彼の上から去ってしまう。

「最後は遠野先輩ね」

「う……」

「ほら、わからない？　お口を開くの」

「う……う」

ためらったが、結局遠野は言われたようにした。整った容姿に釣り合った、真っ白い歯が綺麗に並んでいる。

「先輩って、本当に格好いいよね」

「う……」

「そんな男の人が、菜々美の言いなりになっちゃうんだ」

「せ、責めないでくれ」

「こら、口を閉じちゃダメ……んっ」

「ああっ」

菜々美が唾液を垂らした瞬間、遠野は慌てて口を開いた。ためらいながらも、この美少女からの施しを受けたいという気持ちに勝てなかったようだった。

生徒会長は妖女の唾を舌で受け止め、そのままごくりと飲み下した。

「おいしい？」

少年は言葉に詰まる。

「田村くん、おいしい？」

「おいしいっ」

「西浦くんは？」

「……おいしいです」

「うん。遠野先輩は？」

遠野は退路を断たれた。言葉こそ出ないが、はっきりと首を縦に振って頷いた。

「今日は見逃してあげるけど、ちゃんとおいしいってお礼を言える男子のほうが、菜々美は好きだからね」

「く……う」

（ふふっ、もっと悔しがって？）

燃え上がった菜々美は、そのまま遠野の引き締まった腰と、隆起した立派なペニスの上に下半身を添えた。

下着をつけていなかった彼女の秘唇が、ぷっくり腫れた先端と馴れ合った。

「最初に先輩とエッチしてあげる。嬉しい？」

「う……う」

「嬉しくないいなら、田村くんか西浦くんにする」

「嬉しいっ！」

生徒会長はついに吠え、菜々美のなめらかな肌に手を添えた。

「嬉しいから……お、お願いだよ、菜々美ちゃん」

「うん、素直でかわいい……んんっ……！」

菜々美が腰を落として小陰唇で亀頭を呑み込むと、遠野は言葉を失った。

「あはぁっ……はぁ、ぶ、ぶっといち×ぽ……入るぅ……うくぅぅっ」

「あぁ……菜々美ちゃんのオマ×コ……！」

少女の膣肉が、大人以上に成熟した巨根に拡げられていく。蜜をまとった粘膜が開き、竿肌を舐めるように刺激する。

（やっぱりこのおち×ぽ、太すぎぃっ……おま×このいいところ、一気に全部擦られるぅっ……あぁ、あぁ……あぁっ）

しかもこんなに性感を得ているというのに、ペニスの持ち主の少年は菜々美以上に打ちのめされて言いなりなのだ。

男を虜にする愉悦と、強すぎる性的快感に挟み撃ちされ、菜々美の全身は今まで味わったことのない甘い衝撃を受けていた。

「あぁ、先輩、菜々美、おかしくなっちゃいそう……」

淫膜の奥の奥へとペニスを招き入れながら、へたり込まないように気をつける。

その最中に田村と西浦をちらりと見ると、二人とも嫉妬と欲望の混じった表情で菜々美の顔や性器の結合部を食い入るように見つめていた。

「ふふ、んっ……田村くん、西浦くん、菜々美の横にきて」

性玩具として優秀なふたりは、すぐに菜々美の求めていること、いや、自分たちに施してくれようとしていることを理解した。

それぞれが遠野の身体を挟むかたちで立ち、菜々美に向かって勃起した肉茎を突き出す。

「ほぉら、まずは田村くんから……んっ」

菜々美は極太ペニスに膣穴を貫かれながらも別の男の肉杭を左右の手で握り、田村の亀頭を唇で挟み込んだ。

「うおおっ……菜々美のフェラ、やっぱり気持ちいい……」

勃起を褒めるように、田村の寸詰まりな肉茎をまんべんなく舐めていく。

(んふ、三つのおち×ちんに囲まれて……すっごくいやらしいことしてる)

誰もこの可憐な美少女をひと目見ただけでは、こんなに淫乱で、こんなに性的なテクニックを持った妖女などとは思わないだろう。

(菜々美の身体、すっかり作り変わっちゃったんだから……オナニーしかしたことない処女から、三人の男の子を言いなりにするエッチな子に……)

改めてそう考えると、菜々美の秘唇がきゅっと締まった。

「な、菜々美ちゃんっ！」

それを感じ取った遠野が短く喘ぎ、同時にゆっくりと腰を使いはじめた。

「あんっ……んぅ、あんっ、あっ、あっ、あっ……あぁぁぁんっ」

巨根のピストンは、ゆっくりめのストロークでも衝撃的だ。思わず田村のペニスから口を離し、手で握るだけにして歯を立てないようにしながら、菜々美は膣快楽に酔いしれる。

「菜々美……菜々美、先輩のチ×ポはそんなにいいのか」

「んんっ……！」

田村が焦れったそうに腰を揺らしながら、不安の滲《にじ》む声で問いかけてくる。

「俺よりも……」

「あはぁっ……そんなことが気になるの？　んんっ……ふぅ、んむぅ」

言いながらそわそわする田村をいさめるように、再び彼の亀頭に口をつける。今度は身体が揺れるのもかまわず、肉茎を抜き取らんばかりに思いきり吸い上げた。

「で、出る……出るぅっ」

田村は吠えるなり菜々美の口腔を青臭い白濁で満たした。野太いペニスの先からぶぢゅぶぢゅと精液が溢れ出す。

（んぅっ、ザーメンで溺れそうっ）

喉奥に押しつけられる白濁を飲み干すたび、少女の頭に脳内麻薬が振りまかれていく。男の精を体液というかたちで受け止めるのは、本当に気分がいい。

「はぁっ……あぁくぅ、っ、次は西浦くんっ」

「うあぁ、菜々美……！」

田村の精を飲みきって、今度は反対側の西浦の肉茎に口をつける。

「菜々美ちゃん……君が、こんなにいやらしい子だったなんて」

少女のヴァギナを犯しながら、その少女が別の男のペニスを咥えるのを見る。今まで清廉潔白だった生徒会長は、そんな倒錯した状況に興奮しているようだった。

「んふっ、はぁ、菜々美のおしゃぶり顔、いやらしい？」

「いやらしい……いやらしいよ、あぁ……！」

「あんっ、そんなに突いたら……あふ、西浦くんのおち×ちん、舐められなくなっちゃうよぉっ……んんっ」

「先輩……あんまり揺らさないでっ、菜々美が俺のチ×ポ、舐めてくれなくなる」

「身体が勝手に……もう、止められないっ」

「んあぁあぁあんっ！」

西浦に言われて、遠野は止まるどころかさらに動きを加速させた。菜々美の柔らかな尻を大きな手でもみくちゃに摑み、そこ目がけて腰を思いきり押し当てる。

（うくぅ、し、子宮が奥にめり込んじゃううぅ……！）

さすがの菜々美もたまらず西浦への愛撫をやめ、遠野の腰振りに応える。田村と違って西浦はそうしても我慢できる男だというのをわかりきっていた。

ペニスの抜き差しに集中し、下腹で膨れる快楽を全身へ伝播《でんぱ》させていくように菜々美も身体を揺する。

強烈な快感が少女を襲い、それに合わせて巨根の少年も高揚する。

ふたりの快楽を求める動きがぶつかり合い、さらに高いところへ昇りつめていく。

「出す……菜々美ちゃんの中に出す、奥で出すっ」

「はぁあぁっ……いいよ、先輩はもう菜々美のものなんだから、菜々美の中で出してもいいよっ」

「菜々美ちゃんの……菜々美ちゃんのもの……！」

「そう、あん、私のもの……だから許してあげるの、でっかいおち×ぽで突くのも、精液中でびゅーってしちゃうのも……あぁ、あぁっ」

「く……僕は、菜々美ちゃんのもの」

そう口にした瞬間、遠野は耐えられなくなったようだった。

「あぁ凄い……凄い、んんっ、イクッ、菜々美もイクッ、あぁっ……」

ただでさえ激しかったピストンが、女体を壊さんばかりに加速して、射精へ駆け上がっていく。

「イク、出す、あぁ、ああっ！」

「あぁ来て、来て、んくうぅうぅうぅっ！」

ついに遠野が膣奥で果てた。先日と変わらない殴りつけるような激しい射精が菜々美を襲い、その衝撃に少女の身体は絶頂の痙攣を味わう。

（こんな射精、おま×この奥におさまりきらないっ……あぁ……！）

子宮に叩きつけられた白濁が、膣壁の中で跳ね返って内側をどろどろにしていく。

「あひっ、ひぃんっ、ひっ、あっ、あっ、あぁああっ……」

その蜜肉の小さな凹凸《おうとつ》に精液が引っかかる感触にも反応して、菜々美の身体は幾重にもアクメを繰り返す。

「す、すごぉ……い、先輩……本当に、すごい……あっ！」

絶頂のさざ波が去ったあと、崩れ落ちそうになった菜々美を背後から支えたのは西浦だった。

「菜々美、お願いだよ、我慢できないっ」

「ふふ……そうだね、ごめんね西浦くん。でも……んっ」

菜々美は遠野の極太ペニスを膣から引き抜いた。ごぷりと音を立てて、泡立った白濁が開いた秘裂からこぼれ出す。

「ちょっとのあいだ、おま×こは使い物にならないかも……遠野先輩のでっかいおち

×ぽで、拡がっちゃったから……」

「く……くそ」

少年の悔しそうな歯ぎしりを、菜々美はうっとりと受け入れる。

「だから、お尻に入れていいよ……西浦くんの長いおち×ちん……あぁっ」

菜々美が許可を出すなり、西浦は少女の腰を掴んで引き寄せた。

すっかり柔らかくなっているアヌスに亀頭を押しつけて、一気に菜々美の直腸を肉竿で満たした。

「あぁぁあぁっ……！　あぁ、あくぅ、お尻、いきなりいっぱいっ……」

絶頂でへたっていた菜々美は喝《かつ》を入れられたかたちになり、遠野をまたいで四つん這いになった身体は快感にぴぃんと張りつめた。

西浦はすぐに腰をくり出して、腸壁を貫くピストンを始める。

「まさか……お尻でもセックスができるなんて……」

「はぁ、ふ……んんっ、先輩も入れてみる？」

驚愕に目を見開く遠野を挑発すると、彼の顔は期待に満ちた。

「西浦くんが終わったらね……あっ、あぁんっ……！」

「く……」

そしてそんな遠野に愉悦の中でおあずけをしながら、菜々美は西浦の律動に合わせて脚と腕を踏ん張らせた。

「はぁあっ……お、お尻、めくれちゃうぅっ」

さんざん焦らされたせいか、嫉妬の感情がそうさせるのか、西浦はいつもより性急に動いていた。

敏感な肛門付近を、細長くて硬いペニスが粘膜を灼《や》くような速度で擦り立てる。かと思えば直腸を串刺しにするほど深い挿入をして、弾むような動きで菜々美の尻の中をぐちゃぐちゃにかき回した。

「あうふぅ、お、おぉんっ、お尻ほじられて……先輩の前で、変な声出ちゃうぅ」

「出して！　菜々美がエロい女子だってこと、先輩に教えてやるんだ」

西浦は、遠野に対抗心を燃やしていた。その言葉を聞いて田村もいきり立つ。

「そうだ、菜々美のケツ穴を開発したのは俺なんだっ。処女をもらったのも俺、せ、先輩より、俺のほうがすごいんだっ」

「あふっ……ん、んむっ！」

田村が遠野をまたぎ、菜々美の口にペニスを押しつける。菜々美はその剛直を受け入れ、再び唇で愛撫した。

遠野はその倒錯しきった姿や声をただ呆然と、しかし肉茎はしっかり勃起させながら見つめていた。

「お、お尻イクゥッ、西浦くんのおち×ちんでイクゥッ、あぁっ、あっ、あぁあぁあぁあああぁあぁあぁあぁっ！」

菜々美は慌てて田村の竿から唇を離して吠えた。肛悦が全身を駆け巡り、仰け反りながら菜々美はアクメする。

その震えと締めつけを受け取った西浦も、激しく身体を震わせた。小さなうめき声と同時に、勢いのある白濁が菜々美の直腸になみなみと注がれた。

「ひぃっ……ひ、ひぃいっ……んぅぅっ！　あぁ、お尻に出てるぅっ」

肉幹に走る血管の脈動まではっきりとわかる。びくっ、びくっ、と、精液が放出されるたびに菜々美は震えた。

しかし、さっきの絶頂のように崩れ落ちそうにはならなかった。

(このまま……この気持ちいいのが消えないうちに、先輩の極太ち×ぽも入れる)

そんな貪欲《どんよく》な牝としての本当で身体を気張らせ、西浦のペニスをゆっくりと肛門から引き抜かせた。

「あふっ……あぁ、白いの垂れちゃう……」

同時に菜々美の開きっぱなしになったアヌスから、どろりと白濁が垂れ落ちる。

菜々美はそれを手のひらで受け止め、自分の尻穴の肉シワに再び塗りたくった。

「あふ……ぬるぬるさせないと、この大きいおち×ぽは入れにくいよね」

その言葉に仰向けのままの遠野が息を呑む。田村が不服そうにするのもわかったので、菜々美は彼の汗っかきの頬を撫でた。

「ここで我慢できたら、あとでふたりっきりで一番いやらしいことをしてあげる」

「ああっ……」

田村はその一言で簡単に折れた。今にも遠野や菜々美に摑みかかりそうだった気配がしゅんと失せておとなしくなる。

（そう、誰も菜々美には……この綺麗な女の子には逆らえないんだから）

満を持して彼女は遠野の腰にまたがった。今度はアヌスの入り口ででその巨根を捕まえると、固唾を呑んだ彼の瞳をじっと見つめながら、ゆっくりと下半身を落とし込んでいく。

「うくっ……き、きついっ」

「あぁ……あぁあぁっ、お、大きいっ……」

二人の口から同時に感嘆の声がこぼれる。遠野は膣穴とはまったく異質の締めつけに、菜々美は肛門を圧迫するペニスの大きさに震え上がった。

「おおぉんっ……先輩のち×ぽ……やっぱりすごいぃっ」

ただ巨根というだけではない。勃起も一番硬いのが、肛門だとはっきりわかる。

こなれたとはいえきつい肛門のシワを伸ばしきり、腸壁をみっちりと満たして、菜々美の尻穴をすぐに支配しようとする。

（負けないんだからっ……お尻で先輩のこと、逆レイプするんだから）

菜々美は気合いで下腹に力を込めた。肛肉をこじ開ける硬いペニスを逆に抱きしめ、そしてゆっくりと身体をバウンドさせ、竿肌を粘膜で撫でつけだす。

「う……うあぁ、これが菜々美ちゃんのお尻……」

その密度の高い刺激に、遠野はもはや生徒会長の威厳などなく喘いだ。

「そう、これが菜々美のケツマ×コなんだからっ」

その男としての名折れを加速させるように淫らな言葉を返し、さらに腰を弾ませる。

腸液とカウパーで粘膜同士の摩擦はどんどんスムーズになり、粘着質な汁音を結合部から響かせだしていた。

「おひぃ、ひぃっ、先輩のち×ぽ、お尻でも食べちゃってる……うぅんっ、またお尻でイキそうっ」

「ぼ、僕も……お尻に出しちゃいそうだ。出る、菜々美ちゃん、出るよっ」

「あぁ来てぇ、菜々美のケツ穴に中出ししてぇっ、先輩の精液、お尻の奥に飲ませてぇっ！　んぁひぃいいぃいっ！」

菜々美の身体が反り返り、肛門をいっそうきつく締め上げると同時に、彼女の中で熱が弾けた。

直腸の中のペニスがドクドクと脈動し、結腸まで満たそうとする激しい射精が襲いかかってくる。

「おっ、おひぃっ……ひぃいいっ……せぇ、先輩の射精っ……す、すごぉ……い」

灼熱の粘液が肛門粘膜と、菜々美の脳神経を同時に焼き切っていく。頭の中が真っ白になり、身体は勝手に痙攣を繰り返している。

そんな彼女の身体の腰のあたりを、遠野がぐっと押さえつけているのをかろうじて感じる。奥の奥で射精しようと、もはや遠慮のない力で女体を固定していた。

(ふふっ……先輩も、やっぱりただの男……ただの牡なんだ)

薄れゆく意識のなか、これだけできた人格者の少年を陥落させたのだという喜びが菜々美の中に満ちていた。

「うふふ……」

妖艶な笑みがこぼれる。

「菜々美ちゃん……大好きだっ」

笑い声に誘われるように、遠野の敗北宣言が響いた。

（うん、菜々美を好きにならない男の子なんていないんだから……）

実感し、満足しながら菜々美はうっとりと瞳を閉じた。

第五章　学園のドミナント

1

（そういえば……）

菜々美はすっかり女王様気分で、その生活に満足していた。

しかしそんな彼女の意識にときたまちらつくのが、以前の自分――坂上睦夫が、現在どうなっているかということだった。

（考えたって意味ない。どうせろくなことになってないんだから）

あれだけ大きなトラックに跳ねられたのだから、ただで済んでいるはずがない。

それにあんな男としての人生になんの未練もない。

いい両親に囲まれて経済的に満たされ、成績優秀で友だちに好かれ、性的な欲望を満たしてくれるペットが三人もいる。この暮らしと以前の睦夫の生活を比べることなんてできない。

（でも……元々の常磐菜々美の意識は、どこにいったんだろう）

この身体の本来の持ち主の少女。恋愛に興味がなくストイックな性格の彼女。

（ドラマとかだと、入れ替わってあっちの身体に入ってるんだろうけど）

それも想像すると胸が悪くなる。こんな美しい少女が突然冴えない男の身体におさまってしまって、正気でいられるだろうか。

「……やっぱり考えないほうがいい」

つい口にしつつ、菜々美は部屋のデスクに広げた宿題のプリントをシャーペンで叩いた。ちょうど最後の回答を書き終えたところだ。週明けの月曜日に学校に持っていけばいい。

（なんか変な気分だし、遊びに行こうかな。田村くんならいつでも暇だろうし）

そう思ってスマートフォンを手に取ったとき、部屋のドアがノックされた。

「菜々美ちゃん、ちょっといい？」

「お母さん」

返事をするとすぐに扉が開き、菜々美の母親が神妙な顔で、それも少し急《せ》いた様子で部屋に入ってきた。

「今、変な男の人が玄関に来てるの」

「え？」

「ママの知らない人だし、きっとパパの知り合いでもないわ。でも、菜々美ちゃんに会いたいって。菜々美ちゃんを呼んでくれればわかるって」

「……」

菜々美は、一瞬ですべてを理解した。

「なんて人？」

それでも念のために訊ねる。

「坂上、って言ってるけど」

予想は当たった。迷ったが、追い返すわけにもいかなかった。

不審がる母親をどうにか言いくるめると、菜々美——睦夫は、坂上睦夫——常磐菜々美とふたりで家を離れた。母の目や耳があっては話せないことばかりだ。

悩んだ末に住宅街の中にある小さな公園に入ると、どうぞ、と言って睦夫の姿をした菜々美をベンチに座らせた。一人分の間隔を開け、菜々美の姿の睦夫も腰かける。

「もう、説明しなくてもわかってますよね」

先に言葉を発したのは彼だった。菜々美は複雑な気持ちになった。自分の身体の中に響いていたのとは少し高さの違う、しかし間違いなく「俺」の声。

「坂上さん。あなたが私の身体に入ったのはいつごろですか」

「……確か、十月の半ばくらい」

迷ったが素直に返事をする。ふたりの間に誤魔化しなど効きはしない。

「やっぱり。それじゃあ私が、この身体に入ったのと同じくらいに、坂上さんも、私の身体に入ったんですね」

「そう……だろうね」

口調が迷子になってしまっている。すっかり小悪魔の菜々美として振る舞うのに慣れていたのに、急に男に戻された気分だった。

二人はぽつぽつと、現状と起きたことのすり合わせをしていった。

菜々美と睦夫は、ほぼ同時刻に事故に遭った。二人ともトラックにはねられたのだ。

そしてお互い、意識が戻ったかと思うとそれぞれ別の身体に入っていた。不可思議な力で、菜々美と睦夫は入れ替わったのだ。

「坂上さんのことは、いろいろ調べました……大変でしたね」

「え……い、いや」

「お父さんも、お母さんもいなくて……頼れる人も……病院のことだって、やってくれる親戚みたいなのも、ほとんどいなかったし」

「それは……うん、まあ、そう……だよね」

そうだ。孤独な睦夫を助けてくれる者などいないはずだ。

「今、これを見ればわかると思うけど……奇跡だったたって。足首が折れただけだったんです。命に関わる怪我はなくて」

睦夫姿をした少女は自分の胸を押さえた。そして驚くことに、そのまま涙をこぼしはじめた。

「スマホにあった坂上さんの日記みたいなのを読みました。あの、鍵つきアカウントの」

「あんなの、読んだの……」

睦夫は日々の孤独を、誰とも繋《つな》がりのないSNSのアカウントでつぶやいていた。誰に見せるわけでもなく、ただ日常の記録と、やるせない感情を吐き出す場所がほしかっただけだ。

「こんな悲しい人が、この世にいるんだって……今までの私はすごく恵まれていて、でも、それをわかってもいなくて……」

(今までの私……菜々美……)

そうだ。菜々美は恵まれた少女だ。家でも学校でもなにもかも。

そんな少女が、睦夫のような者の暮らしに耐えられるはずがない。きっと身体を返してくれと言われる。方法がわからなくても探そうと提案されるだろう。

(そんなの……)

今さら坂上睦夫としての暮らしに戻ることを考えると、全身が冷たくなる。

「お願いします。坂上さんの身体をこのまま、ください」

「……え?」

そんなふうに考えていたから、菜々美の言葉に睦夫は目を剝いてしまった。

「え……私……お、俺として、今後も、生活したいってこと?」

「そうです! お願いします、私にはこの身体が必要なんです!」

「そんな、どうして……」

冴えない容姿に貧乏な暮らし。普通の感性を持っていたなら、睦夫の環境には一秒だって身を置きたくないはずだ。

「私、ずっと男になりたかったんです。ううん、生まれたときから、中身は男だったんです！」

「ど……どういうこと……？」

目を白黒させる睦夫を見て、菜々美はわずかに落ち着きを取り戻す。

「……私、可愛いでしょ」

「え、え、う、うん」

「男の子にモテるでしょ」

「そ、そう……だ、ね、うん」

「それがすごくつらかったんです」

なにを言われているのかさっぱり理解できない。

困惑する睦夫に、菜々美はため息をついて語りだした。

「こういうの、トランスジェンダーって言うんですよね」

「トランス……」

その言葉は睦夫にも聞き覚えがあった。己《おのれ》の肉体の性別と、精神の望む性別が一致しない者という意味だ。

「……じゃあ、君は、男として生きるのを望んでるってこと？」

「女として生きるのは、どうしても無理なんです」

「でも……」

睦夫が菜々美の身体を手に入れて好き放題していたように、彼女も睦夫の身体に安堵を覚えたのかもしれない。そう思おうとして失敗する。

「男って言ったって……俺だよ。そんな顔で、親も、頼れる親戚もいないいんだよ」

こんな冴えない人間になるくらいなら、性別の不一致のほうがマシでないのか。

「いいんです」

しかし菜々美は力強く否定する。

「男の身体がほしいだけじゃない。私が私らしく生きようとすると、お母さんもお父さんも傷つける」

睦夫は、「可愛いものに興味を持ってくれて嬉しいと言った菜々美の母を思い出した。

「私が男だなんて、想像もしない友だちに傷つけられる。男子だって、みんな気持ち悪く感じる。でも誰も悪くない。悪いのは私って言い聞かせてきた」

毎日のようにメッセージアプリで繰り返される恋バナ。男子生徒からの恋慕や憧憬の視線。

「そういうのを、全部なかったことにしたい。生まれ変わりたい！　坂上さんの身体に入って思った。男として生きられるなら、寂しくても貧乏でもいい。自分らしくいられるのが一番いい！」

菜々美は再び泣き出した。それだけ彼女――彼の悩みは深かったのだろう。

睦夫の出す答えは、もう自然と決まっていた。

「……いいよ」

菜々美が目を見開く。

「いいよ、そんな身体でよければ。かわりに、俺にこの身体を譲って」

睦夫が言いきると、菜々美はわっと泣き出した。男のむせび泣きの声だが、それは聞く者の心を揺する、魂の叫びのような響きを持っていた。

2

「あの……本当にいいんですか？」

公園の木陰で、地面に睦夫の着ていたコートを広げ、そこに菜々美が尻を置く。

もう互いの合意がとれた以上、睦夫が菜々美、菜々美が睦夫だ。

菜々美は睦夫の問いに頷《うなず》くと、そっと彼に手を伸ばした。

「こんなことを自分で言うのも変なんだけど……たぶん、今を逃したら、あなたは女の子に触れる機会なんて絶対ないよ」

「それは……」

睦夫は口ごもった。菜々美の手前あっさり肯定できないが、それは十分に思い当たることだったのだろう。

これから坂上睦夫として生きていく彼に、菜々美は最後の提案をした。

「私と、一度でいいからセックスして」

どうしてそんな言葉が出たのか、自分でも最初はわからなかった。

（たぶん、哀れみと……）

これから計り知れない受難が待っている彼への、励ましのような気持ちだ。

「こうやって、私の身体に……」

「あっ」

菜々美がゆっくりとニット素材の上着を脱ぎ、その下のワンピースの前ボタンを外していくと、目の前の男は露出する肌に釘づけになる。

「……不思議。その身体を持っているときは、いいとも悪いとも思わなかったのに。今こうやって男になって見てみると……」

睦夫の股間が熱を持って上を向いているのが、ズボン越しでもわかった。

「エッチでしょう、私の身体」

菜々美が言うと、睦夫は愚直に頷いた。

「……もう、その身体で……いやらしいこととか、してるんだ」

「……隠しても無駄だね。うん、ごめん、いろいろ」

「今さら謝らなくたっていいよ。もうその身体は、あなたのものだから。好きにしていい……」

言いながら睦夫が、純白のブラジャーに包まれた小ぶりな乳房に手を伸ばした。

「あん……」

男に触れられる心地よさに菜々美が声をあげれば、睦夫はビクリと跳ね上がる。

「やっぱり変、男になってみると、その声、すごくいい」

「でしょ。菜々美は、すごく魅力的な女の子だよ」

「それがわかるのは、男の身体を手に入れたから……」

「んんっ……」

男は胸に触れた手に、かすかに力を込めた。そして指が食い込む肌のきめ細かさと弾力に感激しているようだった。

（へ、変……なんだか……）

菜々美が今まで相手にしてきた中で一番年上の男。だというのに彼の中身は純真で、菜々美へ向けられる性欲も一番ピュアな気配があった。それが菜々美の情緒をもじもじと炙《あぶ》る。

（もっと……いやらしいところ、見せつけてあげたい）

この肉体を得られてどれだけ嬉しいか。男の性別を持つ者にとって、この身体はどれだけ魅力的か。それを教えてあげたいという思いだった。

「乳首……硬くなってるの」

言いながら菜々美は、そっと背後に手をやってブラホックを外した。途端に緩くなった下着から、未成熟ながらも美しい乳肉がまろび出る。

その先端にある桜色の尖りも、睦夫にしっかりと見えたようだ。

「お、女の子って……こうやって触ると……」

「ドキドキする？」

「う、うん……なんか、壊しちゃいそうで」

「あははっ。大丈夫、この身体は……男の人になんて壊せないよ」

むしろ菜々美の肉体は、男をおかしくする麻薬なのだ。

「だからもっと、ちゃんと触って……菜々美のこと、忘れないように」

睦夫は再度息を呑むと、人差し指と親指で少女の乳首をつまんだ。

もともと硬くしこっていたそこは、男の指による刺激を得てさらに縮み、背筋がびくんと跳ね上がる。

「ふふ、おっぱいだけで変になりそうでしょ」

「うん……」

「下はもっとすごいんだよ」

菜々美が誘惑すると、睦夫は興奮で震え上がった。それを見て菜々美の秘唇もねっとりと湿っていく。

菜々美は男に欲望を向けられると、自分が本当に女になったのだと自覚して高揚するようになっていた。

(あぁ……昔の私の身体、これから菜々美が筆下ろししてあげるんだ)

そんな倒錯したシチュエーションへの昂りもある。

「見て……菜々美のおま×こ……」

「ああっ！」

菜々美がコートの上でM字に脚を開き、ショーツに包まれた股間を見せるだけで、睦夫はさらに震えた。

「ちょっと、パンツが湿ってるのわかる？」

「わ……わかるよ」

「おま×こから出たお汁で、ねっとりしてるの……」

淫らな言葉を言えば言うほど、蜜肉の粘りはどんどん増していく。

「ねぇ、その身体でオナニーってした？」

「え……」

問いかけに男が目を見開く。それはもう、答えのようなものだった。

「したんだ」

「う……だ、だって、勝手に大きくなるときがあるし」

「ふふっ、そうだよね。今だって大きいもんね……」

菜々美はさらに脚を開くと、下着の端に手をかけた。

「ねぇ、ズボンを脱いで。菜々美におち×ちんを見せて」

「は……恥ずかしいけど」

睦夫はぼろぼろのジーンズをゆっくり脱いだ。これまたよれたトランクスも、少しためらったあとに脱ぎ捨てる。

ごく平均サイズ、取り立てた特徴のないペニスが顔を出す。

(あぁ、昔の私のおち×ちんって、近くで見るとこんな感じなんだ)

立っている睦夫のペニスは、ちょうど菜々美の顔の目の前にある。無遠慮にまじまじ眺めると、彼はくすぐったそうに身をよじった。

「ふふ……自分でするのと、女の子に触れられるのは、ぜんぜん違うんだよ」

「あ……あ」

「触ってほしい？」

睦夫は無言でコクコクと頷《うなず》いた。その愚かないとおしさに、菜々美は笑みを浮かべながらも首を横に振った。

「だめ、最初は自分でするの」

「自分で……って」

「菜々美も自分でするから、それを見ながら……」

言って菜々美は、一気に下着をずり下ろした。秘唇とショーツはねっとりとくっついていて、脱いでも名残《なごり》惜しげに糸を引いた。

「あ……ふぅん」

露《あらわ》になったクレヴァスを、細い指でそっと撫でる。ぬるりとした感触が絡みつき、えもいわれぬ快感を菜々美に与えてくる。

「見て、菜々美のオナニー、見て……」

「お、女の子の……オナニー……」

割れ目の頂点で尖るクリトリスを、ゆっくりと撫でつける。そのたびに快楽神経を直接刺激される強い気持ちよさが駆け抜け、すぐに力を強めて絶頂へと向かいたくなるのを、菜々美は必死でこらえた。

(ゆっくり、ゆっくり見せつけるの……)

一生の思い出になるように、この男にオナニーショーを見せてやるのだ。

「はぁ、あぁ……ん、はぁ、クリ……気持ちいい……」

「う……」

「ほら、あなたも……自分でしごくの。やり方、わかるでしょ」

「わ、わかった……くぅ」

睦夫がおずおずと、自分のペニスに手を添えた。しかしそうしてからの動きは本能的で、ふだんは青ざめた顔を真っ赤にしながら勢いよく肉竿をしごきだす。

(あぁ、菜々美の身体でオナニーされちゃってる)

こんなモテない男にとって、本物の女子中学生の自慰行為など、今まで味わったことのない最高の興奮材料だろう。

(もっと菜々美を見て……菜々美で興奮して)

思いながら菜々美も指を加速させていく。右手の指でクリトリスをこねながら、左手を脚の下から入れて膣穴に出し入れしだす。

「あふうっ……ふぅん、あぁ、おま×こ……んんっ」

「すごい……こんなかわいい子が、オマ×コいじって……」

グチュグチュと汁音を立てる肉穴を食い入るように見ながら、睦夫の手指も加速していく。

「あはぁ……はぁん、はぁ、はぁあぁ……」

睦夫を興奮させているのは秘唇だけではない。この美少女のソプラノボイスの吐息や、白い頬を上気させての喘ぎ声、すべてが彼の劣情を刺激している。

それを実感すると菜々美の性欲もたぎってゆく。激しく膣穴をかき回し、興奮で下腹部に溜まる快感を発散させながらも増幅させていく。

「イク……イク、菜々美、おま×こじゅぼじゅぼしてイッちゃうっ……」

「い、イク……女の子が、目の前でイク……!」

「あなたもイッて、あぁ、いっしょにイクの、菜々美に……菜々美の顔に、白いのかけてぇっ、あぁ出して、出して、出して……」

「イク……出すよ、菜々美ちゃん、あぁ、あぁっ」

「んぁあぁあぁあぁっ……！」

二人は同時に自慰行為で果てた。菜々美の身体がビクンと跳ねるのと同時に、頬や黒い絹髪に男の白濁が飛び散った。

（あぁ、熱い精液……かかっちゃってる……！　またイクゥッ！）

生ぬるさと青臭さを実感し、菜々美は再び絶頂した。

それを見て睦夫もさらに手を加速させる。白濁を吐いているペニスをしごき、最後の一滴まで絞り出すような動きを本能的に行なっていた。

「あふぅ……んふ、はぁ、はぁぁ……」

「女の子にかけるって……こんなに……すごく」

「すっごく……興奮するでしょ」

「……うん……」

素直な肯定に、菜々美はくすくすと笑った。

「まだできるよね……？　言うとおりにしてくれたから、今度はちゃんと菜々美がしてあげる」

そう言った瞬間、睦夫のペニスが脈打って上を向いた。菜々美はまた笑いそうになりながら、彼の肉茎を握った。

生まれて初めて女の手に触れられた感激に、男はびくりと腰を跳ねさせた。

「ね、ぜんぜん違うでしょ？」

「違う……」

「自分で触るより軽い力なのに」

「う、うん……すごく気持ちいい……」

本当に軽く握っているだけだ。それなのに睦夫はうっとりと悦に浸《ひた》った顔で、さっき自分で必死にしごいていたときよりも心地よさそうにしている。

「ほぉら……んむっ」

「あぁ！」

菜々美はそんな彼のペニスの先っぽに口づけた。そしてすぐさまぬらりと舌を出し、精液でぬとつく亀頭をペロペロと舐め上げた。

（あぁ、生臭い……こんなこってりしたの、顔にかけられちゃったんだ）

鈴口を吸い上げると、残滓《さんし》がどろりと舌に乗り上げた。それを美味として飲み干しながら、菜々美は睦夫のペニスをしっかりと頬張る。

「うくっ……く、口の中、すごい」

男の感激の声をうっとり聞きながら、フェラチオを繰り返す。

さっきのオナニーの余韻でヒクついていた秘唇がまた潤みだし、さらなる刺激を求めてないものねだりを始める。

(早く……早くおち×ちん、入れられたい……)

菜々美の中で、不思議な気持ちが膨れていた。

睦夫の前では女王様でいる必要はない。彼はすべてを知っていて、そしてきっとこのひとときが終わってしまえばもう会うことはない。なんのあと腐れもない関係だ。

(だったら……思いっきりおねだりして……乱れても……)

ペニスがほしいと懇願して、余裕なんてなくして、淫乱そのものとして快楽をものにしてもいいのではないか。

そんなひらめきは一瞬で、こらえられないくらいに大きくなった。

「睦夫さんっ……」

新しい自分の名で呼ばれ、睦夫は固唾《かたず》を呑んだ。

「睦夫さん……お願い、おち×ちんを入れてっ」

彼は何度も頷くと、コートの上に菜々美の身体を押し倒した。もうなにかを深く考えている余裕などないようだった。

硬いペニスを菜々美の膣穴にあてがい、そのまま確認もせず一気に腰を押し込んだ。

「あぁぁぁっ！　あぁっ、はぁ、入ってくるぅぅっ」

「うあぁ……あぁ、あぁ……おま×こに……！」

潤みきった肉壺に、めりめりとペニスが入り込んでくる。それは過去の自分のものなのだ。餞別の感情と倒錯した欲望が、菜々美を異常なまでに高揚させていた。

その興奮に酔いしれ、彼女はさらに脚を開いて彼を受け入れる。

「もっと、もっと奥まで……！」

菜々美が懇願すると睦夫は頷いて、さらに腰を進めた。ペニスが根元まで入り込んでコツンと子宮口を圧迫する感覚。

「だめっ……もう我慢できない、動くっ」

「あああぁぁっ！」

生まれて初めて味わう秘裂の感触に我慢がきかなくなったのか、睦夫が腰を使いはじめる。さっきまでの控えめな彼から想像もできないほど、獰猛《どうもう》なピストンだった。

「ひぃあっ、あっ、あっ、あっ、あぁああぁあんっ！」

膣壁を削るように擦られ、子宮頸部をゴツゴツと何度も殴られる。

それを咎《とが》めずに受け入れ、思いのままに喘ぐのは久しぶりだった。菜々美の淫らな鳴き声が外にも、彼女自身の中へも反響していく。

(あぁ、思いきり感じるのって気持ちいい……)

少年たちの前では、今では女帝として振る舞ってしまう。それを忘れてただの男に翻弄される女の子としてセックスをするのは逆に新鮮だった。

「もっと突いて、おま×この奥をこんこんしてぇっ」

睦夫は菜々美の願いを叶えてくれる。彼女の太ももをがっちりと押さえ込むとまんぐり返しの格好にさせて、まるで杭打ちのようなハードピストンを繰り返した。

(これが……大人の男の力なんだっ……)

恰幅のいい田村や引き締まった遠野とも違う。成熟しきった成人男性の身体で押さえつけられれば、女子中学生などひとたまりもない。

(私、今、好き勝手に犯されちゃう女の子なんだ……あぁっ!)

その認識が、少女の脳髄にさらなる陶酔を飽和させていく。

「んぁひぃっ、奥、奥まできてるぅっ」

「奥……こ、ここ?」

「はぁあぅっ! そこぉ、そこ、もっとグリグリしてっ」

菜々美が媚声でねだれば、睦夫は予想を上回る力で返してくれる。

感じやすいポルチオがぷくぷくとした亀頭で何度も突き上げられ、そのたびじぃん、じぃんとたまらない快感を菜々美の全身に伝播《でんぱ》させていく。

(もっと、もっと気持ちいいのほしいっ)

その思いで菜々美も腰を揺らめかす。睦夫のピストンに合わせて膣穴をヒクつかせ、襲いくる甘美さを増幅させるように牝の動きをする。

「あぁ!　オマ×コがきゅうって……くぅ、き、気持ちぃい」

「あふぅっ……おち×ちんも気持ちいいよ……睦夫さん、睦夫さん」

菜々美が名前を呼ぶと、睦夫はさらに獰猛になった。

少女の動きなど押しつぶすように、全体重をかけてペニスを出し入れしてくる。

「あぐぅぅっ……うくぅ、く、苦しいっ……いいっ……」

「苦しいのがいいの、はぁ、菜々美、気持ちいいかっ」

いつの間にか彼の言葉からは女らしさが失せ、快楽をむさぼる一人の男へと変化していた。

「気持ちいい!　睦夫さんのおち×ちんが気持ちいいっ」

「ならもっと言えっ、言って……私……俺のことを、喜ばせろっ」

少年たちには投げられることのない粗暴な命令が、菜々美をゾクリとさせる。

「は、はい、睦夫さんのチ×ポ、すごくいいですっ！　おま×この奥に当たって……ンンッ、全身がぞくぞくするのぉっ」

マゾになりきってそう口にするのは、最高に心地よかった。

なにより淫らなことを言うたび、睦夫の肉茎が粘膜の中で大きさを増すのが嬉しかった。亀頭竿がびきびきといきり立ち、竿に走った血管の脈動すらもわかるような気がした。

「あぁもっと、もっとびきびきおち×ちんでナカを擦ってぇっ……ナカでイキたいのっ、おま×この奥でイきたいぃっ」

「くぅ……マ×コの中イケる女なんだなぁ、菜々美は……！」

「は、はい、中イキの練習したのぉ、指でも、おち×ちんでも、いっぱいっ……」

「あははっ……最高にエロい女じゃんっ……！」

言って睦夫のピストンがさらに速まる。

射精へ駆け上がろうとする、身勝手な男の動きだ。

だがそれは淫乱な菜々美にとっては最高のご褒美だった。

「イクッ、イク、イクッ、睦夫さんのち×ぽでイクゥうぅうぅっ！」

少女の可憐な身体が押さえつけられながらも浮き上がり、背筋がアーチを描く。激しい絶頂に下半身を躍らせながら、菜々美は膣穴から駆け抜けた絶頂感に全身を焼かれていた。

それを感じて睦夫もおうっ、と獰猛に吠えた。同時に熱汁がぶびゅりと膣奥ではじける感触があり、男の射精を伝えてくる。

(あああぁぁっ！　出されてるっ……昔の私の精液……菜々美のナカに……！)

睦夫の吐精はなかなか終わらなかった。痙攣する菜々美を押さえつけ、腰を細かく前後させて何度も、何度も白濁を小刻みに吐き出しつづけている。

そのたび膣道に男の粘液が絡みつき、染み込み、消えないものになっていくような錯覚を覚えるほどだった。

「あぁはぁっ……はぁあぁあぁ……あぁあぁっ……！」

「ふくぅっ……！」

睦夫はようやく、菜々美の上で脱力した。

菜々美は無意識にその彼の首を抱きしめた。

(さようなら)

心の中でつぶやく。

（大変かもしれないけど、どうかあなたはあなたらしく生きて）

その言葉は口に出さずとも伝わったらしい。睦夫はなにも言わずに菜々美の髪をそっと撫でた。

先ほどの獣欲が嘘のように思えるほど優しい手つきだった。

お互いの身体に、お互い別れを告げる。

——二人の新しい人生が、これから始まるのだ。

3

——睦夫と別れ、常盤菜々美としての生活が改めてスタートしてから数カ月後。

菜々美は通う学校の理事長室に足を踏み入れていた。

「あ、あの、菜々美……」

その隣には、彼女の親友である幸恵の姿もある。

堂々とした菜々美とは反対に、もじもじとうつむく幸恵。そんな二人を大人の男たちがずらりと取り囲んでいた。

（理事長先生、教頭先生、ＰＴＡの役員さんたち……）

みんな、この学校の屋台骨といえる重要な人物だ。

「今日は私たちのために、集まってくれてありがとう」

菜々美があたりを見渡しながら言うと、彼らはそわそわしながら好色な視線を向けてくる。

「理事長先生が、皆様を紹介してくれるというので……今日は友だちの幸恵も連れてきたんです」

言われて理事長は、わずかに居心地悪そうに身じろぎした。

彼はすでに菜々美の手駒だった。なにせ生徒会長である遠野の親戚なのだ。

(理事長先生は、女子生徒をいやらしい目で見てたもん)

彼が学園を堂々と練り歩くのを見たときに、菜々美は悪魔的なひらめきを得た。

(一目見てわかったよ。この人はロリコンなんだって。菜々美みたいな女子生徒たちに、エッチなことがしたいんだって)

菜々美が遠野に、理事長に会ってみたいと言えば一発だった。

あっという間に親子以上に年の離れた理事長を陥落させ、菜々美はすでに学園を掌握しつつあった。

今日はそんな彼女の望みで、理事長と趣味を同じくする大人の男たちが集められた。

「ねぇ、みんな……」

菜々美はそれが好まれるとわかったうえで、大人らに生意気な口調で問いかける。

「幸恵ね、処女なの」

年上の変態男たちが、にわかにざわついた。

「菜々美みたいな女の子と、幸恵みたいな初めての子……どっちが好き？」

「ううぅ……菜々美、恥ずかしいよ」

「大丈夫だよ。みんな喜んでるんだから。ほら……」

菜々美はおさげ髪の幸恵の頭を優しくつかんで、そっとあたりを見渡させた。

「おじさんたちの、お股のところを見て」

「あぁっ……」

幸恵が息を呑む。彼らの股間は、堅苦しいスーツの上からでもわかるくらいに膨れ上がっていた。

「みんな幸恵の処女膜を破ることを想像して、おち×ちん大きくしちゃってるの」

「う……うぅぅ……」

「幸恵も興奮してる？」

「あっ！　ダメっ」

頭に添えていた手をそっと、セーラー服越しの乳房に移動させる。目立たないが、幸恵は菜々美よりも胸が大きい。Eカップはあるというのを本人から聞き出していた。

「肌がぞくぞくしてる……乳首もう、こりこりしちゃってるんじゃない？」

「んあぁ……あぁ、いやぁ……ん……」

菜々美の予想とおりだった。幸恵の乳首は硬くしこっており、豊かな胸の真ん中で存在を主張していた。

「巨乳の子って、乳首もちょっと大きいんだね。エッチ……」

「や、やめ、あん……菜々美、やっぱり、こんなの……へ、変だよ……」

「なぁに、男の人と遊んでみたいって、言ってたでしょ」

「で、でも……こんな、年上のおじさんたちと……」

菜々美は幸恵の純情さに、くすくすと笑った。

「おじさんのほうが、エッチがうまいんだよ」

そして己の小悪魔さをふりかざすことを口にする。

「上手《じょうず》なおじさんに処女を卒業させてもらって、エッチを教わって、それから好きな男子でも、年上のイケメンでも……好きな人を夢中にさせられるようになるの」

その言葉に、幸恵はごくんと喉を鳴らした。

「本当に……そんなこと、できるの？」

「できるよ。女の子は、男の上になる生き物なんだから」

「な、菜々美も……そうなの？」

「うん。幸恵が見たいなら、今からここにいるおじさんたち、全員いいなりにしてみせようか」

力強い首肯は、幸恵の迷いを断ち切るのに十分だったようだ。

「ほら、このエッチな身体、みんなに見せつけてあげよう……おじさんたち、菜々美がいいって言うまで動いちゃダメだからね」

男たちを牽制しながら、菜々美は幸恵を理事長室の長椅子に横たえた。

「はぁ……あ、あふ……」

ゆっくりとセーラー服のシャツを脱がせ、黒いおさげ髪のヘアゴムもほどいた。

（幸恵も……私と同じように……）

自分以外の少女の身体に触れるのは初めてだ。菜々美はぞくぞくしながら幸恵の、ベビーピンク色のブラをまとった上半身をなぞった。

「やっぱり胸、大きくてうらやましいな。Ｅカップあるんだよね」

「うん……最近、また少し大きくなって……ブラがきつくて……」

「ふふっ！　そういうこと、もっと言って。おじさんたちを喜ばせてあげて」

「あぁ……」

自分たちを取り囲む、じっとりした視線に幸恵が怖《お》じ気《け》づく。

それを緩和させるように、菜々美はフロントホックの幸恵のブラを外した。

豊かな乳房がぷるりと露になり、思わず笑みを浮かべてしまう。

細い少女の指で、処女の育ちかけの身体を愛撫していく。

「幸恵のおっぱい、柔らかい……乳首もピンクで可愛い」

「いや……あぁん、あぁっ、だめ……気持ち、よくなっちゃう……」

「いいよ……感じて、菜々美の手でもっと感じて」

乳房を揉み、人差し指と親指で乳首を転がしていく。菜々美のそれよりもわずかにサイズの大きい乳首は、感度も高いようだった。

きゅっ、きゅっ、とつまみ上げるたび、菜々美より肉づきのよい身体が緊張を伴《ともな》いながらも跳ねる。

(これから男の人に触られちゃう前に、菜々美が楽しんでおくんだから)

初めての少女への接触に、菜々美の秘唇はいつもと違ったふうに濡れていた。

これから得る快楽への予感ではなく、相手を積極的に愛撫することへの興奮だ。

「幸恵……胸だけでこんなに感じちゃって。この先が楽しみだよ」

「先……って……」

「ここ」

「あぁっ！」

菜々美が前触れもなしにスカートの中に手を突っ込むと、幸恵の背筋がソファの上でぐっとアーチを描いた。

（すごい、幸恵、感じやすすぎる……）

幸恵のショーツは、いつもの菜々美に負けないくらいぐっしょりと湿っていた。ぬめりで貼り付いたショーツからは、菜々美よりも少し濃いめの陰毛と、処女そのもののクレヴァスがはっきりとわかる。

「これだけ濡れてれば、おち×ちん入れるのも簡単だよ」

「お……おち……あぁんっ！」

濡れた下着の上から割れ目を指先で探り、感じやすいクリトリスを見つけ出す。

「あっ、あぁ、そこはダメ、あっ、あん、あんっ」

「ふふ……ここ、気持ちいいよね？」

「いやぁぁ……あぁ、あぁ……！」

下着越しだというのに、指で肉芽を弾くたびにくちくちと音がする。布地からびっちょりと愛液が染み出て、菜々美の手を濡らしていく。

「ふふ……おじさんたち、これからこのおま×こに入れられるんだよ」

菜々美はあたりを見渡し、大人たちを扇動する。

少女愛好者たちは、ゴクリと固唾を呑んでふたりのレズプレイを見守っている。

「こ、怖い……菜々美、怖いよ……」

「大丈夫。私の指でしっかり慣らしてあげるから」

言って、菜々美は幸恵のショーツをついに引き下げた。

ねっとり粘つく秘唇が露になり、あたりからおぉ……と感嘆の声があがる。

「幸恵、見せてあげて……もう少しだけ脚を開くの」

「ううぅくぅぅっ……恥ずかしいっ」

そんな羞恥は、菜々美はもう失って久しいものだ。それを別の少女が目の前で抱いているという事実に愉悦で震える。

「ほぉらおじさんたち、女子中学生の処女おま×こですよぉ」

「あぁっ！」

幸恵の両膝をぐっと開いてしまう。彼女の正面に位置する男たちが前のめりになり、処女の秘唇を覗き込もうと必死になる。

「すごい……娘と同い年の子のオマ×コだ」

「まさか生で見る機会があるなんて……」

男たちの下卑た言葉は、菜々美を興奮させるスパイスだ。

「ほら、みんなが幸恵のあそこを見てる……」

「うぅぅっ……し、死んじゃいそうだよぉ」

「平気だよ、恥ずかしいのもだんだん気持ちよくなってくるから」

「あぁっ……んんっ！」

菜々美の指が、処女膣の入り口にわずかにつぷ、と差し込まれた。

「大丈夫、痛くないでしょ？　このまま指を入れちゃうからね」

「うく……く……うぅんっ！」

狭くてきつい処女穴にゆっくり入っていく。幸恵はこわばってはいるが、苦痛は感じていないようだ。

第二関節ほどまで差し込んだ人差し指を、かすかにくいくいと曲げてみる。

菜々美が感じるGスポットは、幸恵にとってはどうなのかが気になったのだ。

「あはぁっ……はぁ、そ、そこ、変っ……うずうずするぅ」

「んふ……それが、ナカが気持ちいいってこと」

「そう……なの……これ、気持ちいいの……あぁぁあっ」

幸恵の反応に満足した菜々美は、さらに指をうごめかせる。突起の密生した内壁の天井を指の腹で撫でるように擦った。

（幸恵、本当に才能があるかも……）

「あぁっ、待って菜々美、あぁんっ！」

もはや許可も得ずに、挿入する指を二本に増やした。しかしそこに処女独特の抵抗感はあっても、やはり痛みはない様子だ。

「ほら幸恵、いくよ……もっと気持ちよくしてあげる」

「なっ……中、おま×こぉ、あぁあぁんっ」

人差し指と中指で、抵抗感のある狭い肉壁をグチュグチュとかき回していく。

淫らな汁が革製のソファに飛び散り、見ている大人たちの視線がどんどん熱を帯びていくのを感じ取る。

「このおま×こに入れるのは誰？　今のうちに決めておいてね」

菜々美が言うと、男たちがざわつきだした。遠慮がちながらも浅ましい相談が始まるが、幸恵は指の感触に夢中だ。

「奥、奥、きゅうってしてる……変、今まで、こんなの……」

「中に指、入れたことなかった？」

「ちょっとだけ……だから……こんな、中、擦られて……おなかの奥が変なふうになるのは、初めて……んぅっ」

「ふふ……奥の変なのは、あとでおち×ちんに気持ちよくしてもらえるからね」

「んんっ！」

その言葉に、幸恵の身体が狂おしく震え上がった。菜々美の二本指が一気に締めつけられ、痙攣が少女の絶頂を伝えてくる。

「幸恵、今のでイッちゃったの？」

「あ……あはぁ、あぁ……うぅ」

恥ずかしそうに頷く親友を見て、菜々美も絶頂しそうなほどの快悦を抱く。

（だめ、もう私が我慢できない……）

男の欲情した視線で炙られ、同級生の痴態を見ているのだ。高揚する肉体を精神で押さえつけるのはもう限界だった。

「おじさんたち、誰が幸恵の初めての人になるか決まった？」

菜々美が言うと、ＰＴＡ役員と思《おぼ》しき男が一人、前に出た。

「あぁっ……な、菜々美……！」

あはぁ、はぁあぁっ！」

「見てて、幸恵。おち×ちんなんてぜんぜん怖くないんだから。ほぉら……んんぅっ、

らしく使い込まれて黒光りしている。

遠野のペニスは彼譲りなのかもしれない。遠野と同じかそれ以上の大きさで、大人

（理事長は遠野くんといっしょでおち×ちんが大きいんだよね）

肉茎を露出させた。

そうなると彼はもう抵抗せず、それどころか自分からズボンを脱いで隆起しきった

幸恵に組みついた男は正常位の体勢だったが、菜々美は理事長を仰向けにさせた。

招く。

幸恵の寝そべるソファの、テーブルを挟んで向かいにある同型のソファに理事長を

「と、常磐くん……」

「理事長先生は、菜々美とエッチしてくれるよね？」

幸恵が頷くのを見て、菜々美は理事長に視線を向けた。

「う……うん……」

「幸恵……いいね？」

菜々美は理事長の腰にまたがると、一気に身体を落とし込んだ。手練《だ》れとはいえ少女の膣穴が、大人の怒張でめりめりと押し拡げられていく。

「あぁんっ……あぁ、ナカぁ、いいところ、全部擦れるぅっ……！」

ペニスの圧迫感に負ける菜々美ではない。しっかりと膝と足首を使い、大人の肉茎を呑み込んでいく。

「はぁんっ、あぁ、理事長の大人ち×ぽ、気持ちいい……」

幸恵は驚いていたが、好奇心と快楽の予感のほうが勝ったらしかった。

「い……入れて！　おじさんっ、幸恵もエッチしたい！　幸恵のおま×こに、おち×ちん、入れてぇっ」

少女が叫ぶと同時に、彼女の内ももに曖昧に触れていた男は獰猛になった。膝の裏をしっかり押さえ、中学生にしては肉づきのよい少女の身体を固定してしまうと、処女の肉穴めがけてペニスをめり込ませた。

「あぐぅっ……うっ、うぅうぅうぅーっ……！」

指とはまったく異なる衝撃に幸恵は顔を歪ませた。

「あんっ、幸恵、力んじゃダメ、ゆっくり息をして……」

「ふっ、うく、うぅうっ、はぁ、はぁっ、はぁぁ……」

「そう、それで……おなかの奥に集中して……」

「わか、った……うくぅん……んぅうぅ……！」

菜々美に言われたとおりにすることで、幸恵の苦痛はどんどん和らいでいく。

「あっ……ふぁ、あぁ……くぅ、うぅ……まだ、入り口が……ちょっと、痛いけど
……んんっ、大丈夫、かも……」

「でしょう？　んっ……おち×ぽなんて、怖くないよね？」

「はぁっ……はぁ、う、うん、怖くは……ないっ……あぁあぁっ！」

幸恵が頷くと同時に、男がゆっくりとピストンを始める。

動きに合わせて少女の身体がガクガクと揺れるが、もう、本当に身体がこわばるような痛みはないようだった。

（幸恵も、私といっしょ……エッチなことの才能があるんだ）

菜々美は親友の破瓜《はか》を見届け、満足した気持ちで理事長に向き直る。

「あふぅっ……ふふ、こういう女の子を集めて、クラブを作るのもいいかも……」

「常磐くん……本気で言っているのかね」

「うん、本気。菜々美はね、この身体で……男の人も、女の子も、好き放題したいの
……ほぉらっ」

「うああっ」

いい歳の大人だというのに、菜々美が膣穴をこじればあっけなく悲鳴をあげる。ペニスを幼膣に締めつけられる快感に、大の男が喘いでいる。

「あん、あふぅ、でかち×ぽ、気持ちいいっ……あぁん、あっ、あぁっ！」

「はぁっ、あぁ、菜々美、お、おち×ちん、すごいっ……本当に……奥の気持ちいいところ、当たってるぅっ！」

今や理事長室は、二人の少女の喘ぎ声とケダモノの吐息が響く空間だった。

「あはぁ、はぁんっ、理事長のカリ高おち×ぽ、いいっ」

「そんなはしたない言葉をどこで覚えてくる、ああ、いけない子だっ」

「あぁあんっ！」

せり出たカリ首が、Gスポットを強く引っかいてくる。激感にのけぞり、さっきから何度も押し寄せている細かい絶頂の波に打たれるままになる。

「こんなスケベな生徒が学校にいたとは……あぁ、援交女子の何倍もいい、処女だ、処女マ×コはきついぞっ」

「ひぃんっ！　ひあっ、あぁ、奥、こつんこつんって、ダメぇっ」

幸恵をえぐる男が下劣なことを言ってヒートアップする。幸恵は叫んだが、その声には快楽が滲《にじ》んでいた。

もはや男の動きは遠慮のないハードピストンだったが、幸恵はしっかりとそれに順応している。セックスの天賦の才が彼女にも宿っていた。

「幸恵、幸恵がエッチな子で、私と同じで、嬉しいっ」

「あぁ菜々美っ……菜々美、こんな気持ちいいこと、菜々美が教えてくれるなんて」

二人の淫乱女学生は、それぞれ快感をものにしながら呼応し合う。

「へ、変、くるぅっ、なにか大きいのが……来るぅっ」

「イクの、幸恵っ……おち×ぽでイクのっ」

「これが……あっ、イク、イク、イクイクッ、イクぅぅうぅっ！」

幸恵がひときわ声を張り上げ、宣言とともに絶頂する。

「うあぁっ！　処女マ×コの締めつけ……く、出すぞっ！」

処女膣のうねりに圧倒され、男もすぐにうなり声をあげて射精する。

「熱いぃ、あぁっ、熱いのが……中で出てるぅっ、はぁっ、あぁまたイクッ、きちゃう、来るぅ、あぁあ、ああぁあぁあぁっ！」

処女だというのに、男の白濁にあてられて連続でアクメする。そんな淫らな友を見て、菜々美も快楽をいなすのが限界になってきていた。

「理事長、菜々美もイクよっ、菜々美がイクッて言った瞬間に、理事長も出すんだからねっ、いいね」

「わかった……くっ、くぅ」

「あぁあぁっ、イクッ！　イク、イクッ、イックゥぅうぅうぅっ！」

膣奥をひときわ強く突かれた衝撃に、菜々美は悶え鳴いた。同時に男の熱汁がドブドブと子宮を打ち、少女の膣肉を汚していく。

「はっ……ふ、あぁ、あぁあぁ……」

「あぁ……ん、セックスって……すごいんだぁ……」

少女ふたりと、それに精を絞られる男ふたりの呼吸がだんだんと落ち着いてゆく。しかし終わりではない。幸恵の膣内から男がペニスを引き抜くやいなや、次の男が名乗りを上げた。

「ん……幸恵、まだいけそう？」

答えはわかりきっていた。だが菜々美は聞かずにはいられない。

「いける……お、おち×ちん、もっとほしいっ」

「ふふふっ！　だよね、一回じゃ満足できないよねぇ……んっ！」

菜々美も理事長にあずけっぱなしだった身体を持ち上げた。極太のペニスが抜け落ち、すぐさまごぽりと白濁が垂れ落ちる。

「ほら、菜々美のおま×こも空いたよぉ」

夢遊病のような動きで、教頭が菜々美に近づいた。この少女の色香に逆らえる男などいないのだ。

「幸恵ちゃん、オジサンのチ×ポでも喘いでくれよっ」

「あぁ……あああぁぁぁんっ！」

生まれてから二度目のセックスに、幸恵がさっきよりも激しく乱れる。

「こんなデカパイを揺らして、さっきからずっと我慢できなかったんだっ」

「あひっ、おっぱい、そんな……ぎゅうって……んうぅっ！」

今度の男は乱暴だった。揺れる幸恵の乳房を鷲《わし》掴みにすると、ペニスの出し入れを繰り返しながら激しく揉みしだく。

「いい、いい、気持ちいいっ……」

しかし幸恵は、苦痛どころかさなる快楽を得ている。菜々美はその様子に背筋をゾクゾクさせながら、教頭のこれまた淫水焼けしたペニスに向き合った。

「菜々美が上になるけどいいよね？」

「は……はい、お願いします」

命じてもないのに、この気弱な教頭は目の前の女王様に敬語になっている。

「ふふ、菜々美、弱い男の人って好きだよ……んっ……あぁあっ」

理事長と同じ体勢で、教頭の肉竿が菜々美を貫いていく。

「くぅ、はぁ、これが常磐くんのマ×コか……！」

「うふふ、理事長先生のせいで、ちょっと緩いかも……ごめんね？　期待外れ？」

「ゆ、緩くないっ、きついです、教え子のマ×コ、きついです！」

「あははは っ！　あぁんっ……あんっ、あんっ」

男の身体の上で菜々美はバウンドする。精液混じりの愛液がにちゃにちゃと音を立て、中年男性のペニスを責め立てる。太さは物足りないが、学校で何度も顔を見た男を逆レイプしているのだという精神的な満足感はすさまじい。

菜々美は喘ぎながら腰を振りたくり、男をひいひいと鳴かせながら自分も高みへと駆け上がっていく。

「あぁん菜々美、私、またイッちゃうぅっ！　おち×ぽ入れられて、おっぱい握られて、いっ、イッちゃうううぅっ！」

幸恵が再び絶頂の甘鳴きをした。男の身体の下で少女の身体が弓のようにしなり、蜜肉がこじれ、その衝撃で男が精を吐き出して粘膜を獣欲まみれにする。

「常磐くん、わ、私もイキそうだ……だ、出すぞ、マ×コに中出しするぞっ」

「うぅんっ、きて、先生っ……中出しでイカせてぇっ、あひ、あんっ、あぁっ、あぁはぁあぁあぁっ……！」

菜々美が言った瞬間に教頭が情けなく叫んだ。同時に硬い肉竿から撃つような勢いで白濁が放たれる。

「イクッ……あぁ精液でイクッ、ナカに出されてイクぅぅぅっ！」

その衝撃で菜々美もアクメする。叫びながら絶頂し、射精途中の男のペニスをいっそう締めつけて責め立てながら甘美さに酔いしれる。

崩れ落ちそうな身体を必死に支えながら、菜々美は潤む瞳で部屋中を見渡した。

集まった男たちは、美しいものを見る目を向けて菜々美たちを賛美していた。

(この身体なら……菜々美なら、こんな気持ちいいことがずっと味わえるんだ)

偶然で得た新しい生。それを否定する者は誰もいない。

(全部、菜々美のものなんだから……)

快楽も、学校の男たちもすべて。

この美しい少女に、手に入れられないものはない。

菜々美はこれから先の愉悦に思いを馳せながら、次の男を視線で探した。

処女《しょじょ》の身体《からだ》に入《い》れ替《か》わった俺《おれ》は人生《じんせい》バラ《ばら》色《いろ》で

二〇二二年 七月 十日 初版発行

著者◉霧野なぐも【きりの・なぐも】

発行◉マドンナ社
発売◉二見書房
東京都千代田区神田三崎町二-一八-一一
電話 〇三-三五一五-二三一一(代表)
郵便振替 〇〇一七〇-四-二六三九

印刷◉株式会社堀内印刷所 製本◉株式会社村上製本所 落丁・乱丁本はお取替えいたします。定価は、カバーに表示してあります。
ISBN978-4-576-22085-7 ◉Printed in Japan ◉©N.kirino 2022